AF209366

Sophie Angerer

RICKY MARTIN
EIN TRAUM
UND ICH

Roman

Alle Rechte liegen bei der Autorin
Herstellung: Libri Books On Demand
ISBN 3-8311-1422-6

Der Beginn einer unsterblichen Liebe

Diese Augen!
Sie sind so offen und doch so undurchschaubar!
Sie sind so sanft, aber doch so feurig und lebendig!
Sein Blick ließ mich nicht mehr los, denn ich war seinem Wesen, Aussehen und natürlich seinen verführerischen, braunen Augen verfallen.
Immer wieder schaute ich das Poster an und berührte sein Gesicht mit meinen Fingern, so als ob ich etwas spüren könnte, aber enttäuscht stellte ich immer wieder fest, dass es nur eine glatte Fläche Papier war, welche nichts mit ihm zu tun hatte. Die Poster klebten einfach mit ein paar Tesastreifen an meiner damit zugepflasterten Wand und erinnerten mich an ihn, aber sie waren leer, sie gaben nichts Wahres wieder. Außer, dass es Fotografien von ihm waren, hatten sie nichts mit ihm zu tun.
Ich ließ meine Hand wieder auf mein weiches Bett sinken und stellte mir ein Leben mit meinem absoluten Traummann vor. Wie ich meine Gedanken, mein Leben und meine Liebe mit ihm teilen würde. Könnte ich ihm das geben, was er mir in seiner Musik zeigt? Würde ich seinen Erwartungen entsprechen oder war sein Wesen, war er ganz anders als ich dachte?
Bevor ich jedoch all diese Fragen noch einmal überdenken konnte, unterbrach mich die durchdringende Stimme meiner Cousine. "Sophie, bist du da drinnen?"
Ich antwortete nicht, sondern hoffte, dass meine Cousine, die ich nicht besonders mochte, wieder verschwinden würde. Eine Gemeinheit von ihr würde mich nur noch

3

wütender machen, denn mir wurde bewusst, dass ich niemals mein Idol kennen lernen werde.

Den ganzen Tag lag ich nun schon im Bett und trauerte vor mich hin. Ein Foto in der Hand haltend, hörte ich seine Lieder und eine Träne nach der anderen rollte meine Wange hinunter.

"Sophie?!"

Wieder diese abweisende, aufdringliche und nicht entweichbare Stimme. Sie würde ich unter tausenden heraushören, denn immer wenn ich sie wahrnahm, wusste ich, dass Steff nicht weit weg war, und das machte mich nicht gerade glücklicher. Leider musste ich sie ein knappes Jahr ertragen, da sie bei uns ihr Deutsch aufbessern wollte. Um zu vermeiden, sie ein weiteres Mal kreischen zu hören, antwortete ich schließlich doch, aber vorher wischte ich mir noch schnell die Tränen aus dem Gesicht.

"Ja, ich bin hier, was willst du?"

Die Tür wurde mit einem kräftigen Schwung aufgerissen und zum Vorschein kam gleich das Gesicht von Steff.

"Nett, dass du auch mal antwortest", entgegnete sie mir frech.

"Steff, ich habe keine Zeit und bin nicht in der Stimmung, mir deine Gemeinheiten anzuhören, also was willst du?"

"Sieht man, liegst auf dem Bett und himmelst diesen Typen an, sehr beschäftigt, wirklich! Aber jetzt muss ich dich leider aus deinen Träumen reißen, denn es gibt Essen und nachher musst du Mathe lernen, von deiner Mutter aus, mir ist das ja egal!"

Ich gab mir einen Ruck und antwortete mit einem genervten "Ja, ok!". Gerade wollte sie mein Zimmer verlassen, als sie noch etwas hinzufügte, was sie sich auch hätte sparen können. "Ach, und ich muss dir nachher bei Mathe helfen.

Glaub mir, Lust habe ich dazu überhaupt keine, doch Zwang ist Zwang!" Ich sah sie giftig an und warf ihr gleich mein Kopfkissen entgegen. Sie war jedoch schneller und schaffte es noch die Tür zuzuziehen, bevor sie das Kissen in ihr Gesicht geschleudert bekam.

"Wie kann mich jemand nur so nerven? Wenn ich sie schon sehe, dann bekomme ich einen halben Tobsuchtsanfall!" Wütend stand ich auf und suchte in meinem Eastpak nach meinem Hausaufgabenheft. Ein Blick genügte, der mich dazu brachte, meine Augen zu verdrehen und einen tiefen Seufzer auszustoßen.

"Auch das noch! So viel zu machen und hauptsächlich Mathe, dabei verstehe ich da doch nur Bahnhof!" Ich warf das Heft auf den Boden und trampelte darauf herum, bis die einzelnen Seiten beim Aufheben herausfielen.

"Ich fühl mich gleich besser, leider ist das aber auch keine Lösung!"

Das sah ich ein und nahm mir deshalb vor, nach dem Essen richtig zu pauken, aber erst wollte ich etwas in den Magen bekommen.

"Sophie, komm jetzt endlich runter, das Essen wird sonst kalt!"

"Ja, ich komme ja schon, keine Hektik!"

Total genervt folgte ich der Aufforderung und ging nach unten, wo schon alle am Tisch saßen und sich bedienten. Bettelnd saß meine Mischlingshündin neben dem Stuhl von Mutter und erhoffte sich ein Stückchen Fleisch oder irgendetwas anderes vom Teller. Ich musste mich leider neben Steff setzen, da neben ihr der noch einzig freie Platz war. Es war ein widerlicher Anblick, wie sie die Erbsen mit dem Kartoffelpüree in ihren Mund schaufelte.

"Äähm Mam, könnte ich mal die Schüssel mit Karotten

haben?" sagte ich.

"Steff kommt doch viel besser ran!" meinte Mutter.

Steff nickte, reichte mir laut schmatzend die Schüssel mit Erbsen hin und gab dabei ihren Kommentar ab: "Die sind gesünder und machen auch noch schlau!"

Ich reagierte schnell und Gott sei Dank fiel mir auch eine relativ gute Antwort ein.

"Na dann musst du ja mindestens die ganze Schüssel essen, also lasse ich dir meinen Teil über!"

"Oh danke, wie gütig von dir!"

"Gern geschehen, liebste Cousine!"

Unter dem Tisch bekam ich von meiner Mutter einen kräftigen Tritt gegen das Schienbein und einen giftigen Blick dazu. Immer war ich die Blöde, die alles auszubaden hatte und immer kam Steff ohne irgendeine Bemerkung davon. Aber bald wird auch meine Stunde kommen, wo sie alles zurückbekommen würde.

Ich griff zur Salatschüssel und lud den gesamten Inhalt auf meinen Teller. Sofort begann ich, wie Steff, mir alles in den Mund zu stopfen. Als ich damit fertig war, spülte ich mit einem Schluck Wasser nach und erntete gleich eine Verwarnung meiner Eltern. Entweder müsste ich mich benehmen oder ich würde auf mein Zimmer geschickt werden. Ohne lange nachzudenken, schob ich meinen Stuhl nach hinten und warf meine Serviette auf den schmutzigen Teller. Wütend rannte ich die Treppe zu meinem Zimmer hinauf und knallte drinnen meine Tür zu.

"Alles Idioten, aber ich hab ja immer noch meine Ricky-Poster."

Mit diesen Worten drehte ich mich zur Wand und streichelte mit der Hand über die Wangen von Ricky. Bei dieser Berührung wurde ich wieder ruhiger und meine Augen füllten sich mit Tränen, denn ich erinnerte mich an einen Satz, der mein größter Wunsch war und ist.

"Ich muss ihn einmal treffen, einmal die Möglichkeit haben, mir mein eigenes Bild von seiner Persönlichkeit machen zu können."

Er war für mich der Inbegriff von Sinnlichkeit und Kraft. Ich hatte das Gefühl, dass seine Augen auf den Postern leben würden. Aus diesen Gedanken, entwickelte sich ein Traum, in dem ich mir wieder einmal mehr so ein Treffen vorstellte. Nämlich eine Begegnung zwischen RICKY MARTIN und mir. Nur ihn im Visier, folgend seiner männlichen Ausstrahlung, schlich ich an einer Hausecke entlang, um ihn nicht aus den Augen zu verlieren. Er ging immer weiter die Straße hinunter, vorbei an rotblühenden Geranien, die von den Balkonen der Natursteinhäuser herunterhingen. Gerade, als er in eine kleine Nebengasse einbiegen wollte, bemerkte er, dass ich ihm folgte und drehte sich zu mir um. Lange schauten wir uns an, ohne irgendetwas zu machen. Meine Gedanken gingen in seinen Augen verloren und in diesen Momenten, die für mich ewig hätten dauern können, zählte nur noch das Geschehen in den nächsten Minuten. Doch trotzdem schien die Zeit stehen geblieben zu sein, nur der leichte Wind streichelte meine Haut. Ohne zu wissen was als nächstes passieren würde, gingen wir aufeinander zu, bis wir uns berühren konnten. Er hob seine Hand und strich mir die langen Haare aus dem Gesicht. Mein Herz klopfte wie wild und in mein Herz verursachte eine Kraft, die ich in seinen Bewegungen wiederfand. Ich spürte seinen Atem als er mir etwas ins Ohr flüsterte. Alles war so real, jede Berührung fuhr mir durch den ganzen Leib.

Ich dachte wirklich, ihn vor mir zu haben. Deshalb musste ich auch erst einmal nachdenken, wo ich war, als mich wieder die Stimme von Steff weckte. Sie klopfte immer wieder an die geschlossene Tür und als ich nicht antwortete, platzte sie einfach so herein. Ich rappelte mich auf und rieb mir die Augen.

"Was, schon wieder du?", fragte ich genervt.

"Ja ich!"

Sie stellte sich vor mich hin und stützte die Arme in die Hüften.

"Ich will eine Antwort!" sagte Steff barsch.

"Finde nicht, dass ich dir eine schuldig bin!" erwiderte ich.

"Trotzdem will ich wissen, warum du so herumzickst!"

"Das werde ich gerade dir sagen!"

"Warum nicht, so wirst du nur von mir genervt, bis du es dann doch sagst!"

"Na gut, bevor ich mich noch öfter mit dir abgeben muss! Kurzfassung: Ich liebe diesen Mann, der hier überall in meinem Zimmer zu sehen ist!"

Steff fing plötzlich laut zu lachen an, wurde dann aber gleich wieder ernst.

"Jetzt sag ich dir mal was. Du kannst wegen ihm heulen oder dich in eine Ecke verkriechen, aber glaubst du, dass er deinen Herzschmerz mitbekommt? Das kann ich dir gleich beantworten. Millionen von Mädchen heulen wegen ihm. Er hat einfach einen geilen Arsch und schaut natürlich super aus, das ist schon richtig. Singen kann er auch noch, aber das ist auch schon alles. Außerdem kennst du ihn doch gar nicht! Es gibt so viele andere Männer, vor allem du mit deinen langen Beinen könntest fast jeden haben!"

"Was du aber nicht checkst, ich will nicht irgendeinen, ich will ihn, warum kapiert das hier niemand? Solange ich ihn liebe, kann ich nichts mit einem anderen anfangen, das wäre unfair. Ich würde ihn immer mit Ricky vergleichen und nicht ihn sondern Ricky lieben!"

"Meine Güte, Cousinchen! Er ist knappe dreißig und du wirst heuer sechzehn! Und jetzt sage ich dir noch etwas sehr Wichtiges: Er ist nämlich schwul!"

In mir brodelte es, wie in einem Vulkan vor dem Ausbrechen. Als sie mich dann auch noch provokant anlächelte, sprang ich auf, ging auf sie zu und baute mich drohend vor ihr auf.

"Du hast kein Recht, irgendwelche Gerüchte zu verbreiten, wo du nicht einmal weißt, ob sie auch wirklich hundertprozentig stimmen!"

Bevor sie noch etwas erwidern konnte, rannte ich aus dem Zimmer, die Treppe hinunter und von dort aus in den Garten. Ich stieg auf mein neues Fahrrad und fuhr so schnell wie möglich zu meinem Kummerplatz, den nur ich kannte. Nach etwa fünf Minuten des Abstrampelns kam ich dann dort an.

Mein Versteck bestand aus einem alten Baum, dessen Äste über einen verwachsenen Teich mit vielen glitzernden Fischen ragten. Ich lehnte mein Fahrrad gegen meine selbstgebaute Holzhütte, in der ich noch einen kleinen Schrank mit verschiedenen Sachen stehen hatte. Aus der Schublade holte ich ein Taschenmesser heraus und steckte es in meine Hosentasche. Dann stieg ich die alte Trauerweide hoch, den dicken Stamm hinauf.

Als ich einen sicheren Platz über dem Teich gefunden hatte, holte ich das Messer heraus und ließ es in den letzten Sonnenstrahlen blitzen. Ich beobachtete, wie sich mein Gesicht in der Klinge spiegelte, jedoch konnte ich mich nicht ansehen, so hilflos fand ich mich. Mit ganzer Kraft stieß ich die Schneide in das weiche Holz. Vor lauter Verzweiflung fing ich zu weinen an. Die Tränen tropften einzeln von meinem Kinn den langen Weg hinab in das klare Wasser des Teiches. Die Fische schwammen sofort hin und suchten nach etwas Essbarem, das da vielleicht hineingefallen sein könnte.

Der Grund warum ich weinte war, dass Steff absolut Recht hatte, nämlich das ich Ricky vergessen musste. Ich nahm mir vor, ihn nach dem Verlassen des Lagers endgültig aus meinem Gedächtnis zu streichen. Ich rappelte mich wieder auf und ließ die Klinge mit starkem Druck über die weiche Rinde gleiten. Erst ritzte ich ein R hinein, worauf dann der nächste Buchstabe folgte. Nach und nach entstand der Name des Mannes, den ich bald aus meinem Gedächtnis löschen wollte. Als ich fertig war, verbesserte ich noch einiges und zog anschließend ein großes Herz um den eingravierten Namen.

Jetzt huschte endlich mal wieder ein kleines, wenn auch schwaches Lächeln über mein Gesicht, da mir diese Verewigung sehr gut gelungen war. Ich hielt das Messer weiterhin in der Hand, während ich über meine Vergangenheit nachdachte. Dabei kam ich zu dem Entschluss, dass ich früher eigentlich ein ewig lachender Mensch war und jetzt...? Doch ich gab mich einfach damit zufrieden, dass sich jeder einmal ändern kann. Unsanft wischte ich mir mit dem Ärmel die Tränen aus dem verheulten Gesicht und küsste das Herz mit dem eingravierten Namen.

Ich lungerte noch lange so auf dem Baumstamm herum und ließ meine Beine und Arme herunterbaumeln. Doch nach einiger Zeit fröstelte es mich, da es schon Herbstanfang war und ich nur mit Shorts und T-Shirt bekleidet war. Ich wollte aber noch nicht nach Hause. Dort würde ich sowieso nur Ärger kriegen und deshalb strich ich mir mehrmals über die

Arme bis die Gänsehaut wieder verschwand. Die Freude und auch die Kraft, die ich sonst immer im Leben aufbrachte, verlor ich allmählich. Ich fühlte mich leer, ohne jeglichen Sinn, mein Leben weiterzuführen, denn eigentlich wollte ich nur noch hier sitzen und nichts anderes tun, als mich selber zu bemitleiden. Ich kam mir so arm vor wie kein anderes Wesen auf dieser verdammten und ungerechten Weltkugel.

Langsam richtete ich meinen Blick auf die in der Abendsonne blitzende Klinge. Innerlich wusste ich nicht was ich tat, ich konnte mich nicht mehr kontrollieren. Irgendwie wurde ich dazu gedrängt, von einer Macht namens Angst und Trauer, vor allem aber von Kummer. Ich setzte die Spitze auf die Haut meiner Fingerkuppe und zog einen langen Strich, wie mit einem Stift auf dem Papier. Gleich rann das Blut schnell meinen Finger herunter und hatte nicht vor, langsamer zu fließen. Die unaufhaltbare rote Flüssigkeit tropfte auf den Baumstamm und von dort aus in den Teich.

Erst bei diesem Anblick merkte ich den Schmerz, wie er rasend schnell durch den ganzen Finger fuhr und schließlich im Handgelenk endete. Sehr erschreckt und mit schmerzverzerrtem Gesicht versuchte ich wieder festen Boden unter den Füßen zu bekommen und die starke Blutung zu stoppen.

Heil vom Baum zu kommen, war fast unmöglich, also mit heil meine ich, ohne Kratzer oder Schrammen oder sogar einen Sturz in den Teich. Vorsichtig stützte ich meinen Arm und rutschte den Stamm runter, dabei zog ich mir am Oberschenkel einen Haufen Kratzer zu und auch Schiefer im Hinterteil. Ich wusste gar nicht, was mehr weh tat, die ebenfalls zu bluten beginnenden Kratzer oder der noch immer stark blutende Finger.

Mit einem torkelnden Schritt ging ich zum Weiher und kniete mich dort hin. Als ich meine Hand in das kühlende Nass des Teiches tauchte, breitete sich das Blut schnell in dem klaren Wasser aus. Jetzt erst wurde mir bewusst, was ich da getan hatte. Als Verstümmelung sah ich es nicht an, aber ich hatte mir aus Verzweiflung wehgetan, und das gab mir zu denken, denn ich wusste in diesem Moment nicht was ich tat. Ich wurde von meinen Gefühlen gesteuert, sie hatten mich fest in Händen und löschten alle Gedanken, die sich gegen diese Tat sträubten.

Wurde meine Liebe zu Ricky Martin gleichzeitig mein Verhängnis?

Würde sie mich fertig machen?

"Eigentlich ist verliebt sein etwas Schönes, warum nicht auch bei mir?

Warum musste ich mich in einen Star verlieben, warum nur werden mir solche Schmerzen zugefügt?

Ich habe diesen Kummer, aber er kriegt davon nichts mit, er gibt jetzt wahrscheinlich ein Konzert oder vergnügt sich mit Freunden!"

Traurig sah ich auf meinen Finger und dann in das Teichwasser.

"Ich darf ihm aber nicht die Schuld geben, er weiß ja nichts von meiner Liebe und wahrscheinlich will er auch nichts davon wissen, leider!"

Ich blickte in den Himmel und sah zu, wie die letzten Sonnenstrahlen hinter den Bergen, Wäldern und Feldern verschwanden. Ich nahm die Hand aus dem Wasser, legte mich in die Wiese, die den Weiher umgab, und schloss die Augen. Die Sonne verschwand nun ganz und Dunkelheit breitete sich über meinem Lager aus. Viel bekam ich davon jedoch nicht mit, denn ich war wieder in einem meiner

Träume gefangen.

Ricky und ich liefen durch ein Meer von blauen, roten und gelben Blüten. Es gab kein Ende von diesem Feld und auch kein Ende von Sonnenschein. Lachend hielten wir uns an den Händen und tanzten unter dem wolkenlosen, blauen Himmel. Ricky hob mich hoch und drehte sich mit mir, dabei schauten wir uns tief in die Augen und küssten uns lange.

Wir sagten nichts, auch nicht als wir in der hohen Wiese lagen und sich Ricky einen Grashalm in den Mund steckte. Ich lächelte ihn an, nahm ihm den Halm aus dem Mund und küsste ihn. Bei dieser Berührung flogen die Blüten als Schmetterlinge rings um uns herum, von der Wiese weg, dem Himmel entgegen. Staunend blickten wir ihnen hinterher, wie sie aufstiegen, um endlich wieder Herr ihres Könnens zu werden, nämlich leicht und gekonnt wegzusegeln.

Alles schien perfekt, doch als ich wieder in Rickys Gesicht sah, bemerkte ich eine gewisse Traurigkeit in seinen Augen. Er teilte gleich sein Geheimnis mit mir, und so erfuhr ich, dass er mich jetzt verlassen würde. Ich fragte nicht warum, es hätte sowieso keinen Sinn gehabt, denn ich musste es so nehmen wie es war, egal welchen Grund es für diese Trennung gab.

Ricky schloss die Augen und ließ sich ganz tief in das Gras sinken. Plötzlich war alles still, kein Vogelgezwitscher mehr, kein Wind, gar nichts, so als ob sich die ganze Welt von Ricky verabschieden würde. Ich wusste nicht, was ich machen sollte, und ich fühlte mich hilflos und allein gelassen, als er sich in eine Schar von Schmetterlingen auflöste, die ihren Artgenossen folgte. Mir blieb nichts anderes übrig, als ihnen nachzusehen.

Ich fragte mich ob Ricky wirklich da war oder ob er nur eine Einbildung von mir ist. Doch als ich auf die Stelle blickte, wo Ricky gerade noch gelegen war, bemerkte ich den Abdruck, den er hinterlassen hatte, und da wusste ich, dass er wirklich bei mir gewesen war.

Ich legte mich weinend auf seinen Platz und küsste das Gras, versuchte mit der Tatsache fertig zu werden, dass er nicht mehr da ist oder wiederkommen würde.

Einer meiner vielen Tränen fiel auf eine Blume mit einer weißen Knospe, die neben mir im Gras lag. Ich bemerkte sie erst jetzt und schenkte ihr nun meine ganze Aufmerksamkeit. Es war ein wunderschöner Anblick, sie sah so zerbrechlich und zart aus, so als ob sie bei jeglicher Berührung zerfallen würde. Ich wagte es nicht, sie anzufassen, da ich diesen Anblick nicht zerstören wollte. Doch irgendwann bewegten sich die Blütenblätter von ganz alleine nach außen und gaben ihr Inneres preis. Kaum, dass ein relativ großer Spalt vorhanden war, sah man innen drinnen etwas flattern. Meine Neugier war nicht mehr zu stillen, ich hatte sogar aufgehört zu weinen. Die Blätter bewegten sich immer mehr nach außen und nach einer gewissen Zeit sah ich auch was da drinnen flatterte. Es war ein ebenfalls wunderschöner, noch zerbrechlicherer Schmetterling, der versuchte aus dieser Blüte zu entschwinden. Das hatte er bald geschafft, nämlich als die Blüte ihre Blätter ganz geöffnet hatte und ihm nun den Platz ließ, um seine Flügel auszubreiten. Gleich flatterte er los, flog aber nicht sofort weg, sondern setzte sich auf meinen Finger, den ich ihm zustreckte. Als er Platz genommen hatte, hob ich meine Hand, um ihn noch näher zu betrachten. Doch irgendwann wollte er nicht mehr nur still sitzen, sondern faltete wieder seine Flügel aus und begab sich in die

Luft.

Diesmal drehte er eine Runde über der Druckstelle, die Ricky hinterlassen hatte und ließ sich dann dort nieder. Ich schaute ihm hinterher und fragte mich, was er nur wollte. Mir wurde alles klarer, als er seine Flügel ausbreitete und sich in einen silbernen Ring verwandelte. In der Innenseite war etwas eingraviert, was ich nicht lesen konnte.

Ich traute mich nicht, diesen Ring anzufassen, wer weiß, was dann passieren würde. Aber ich konnte ihn doch nicht einfach da so liegen lassen, vielleicht ist das Eingravierte an der Innenseite eine wichtige Botschaft. Ich fasste meinen ganzen Mut zusammen und griff langsam und zögernd nach dem funkelnden Ring. Jetzt konnte ich die Nachricht lesen.

Da stand nämlich: Die Kraft der Liebe ist stärker als das Unerreichbare!

Was konnte das heißen? War es ein Glücksbringer oder ein Hinweis für irgendetwas? Mit einem Lächeln steckte ich mir den Ring an den Finger und betrachtete ihn noch lange.

Gerade wollte ich im Traum aufstehen, als er unterbrochen wurde. Irgendwas knackte und krachte ganz laut hinten in einer dunklen Ecke. Ich hatte mich sehr erschrocken, da hier um diese Zeit Füchse herumschlichen und die waren nicht immer ungefährlich. Langsam stand ich auf und bewegte mich rückwärts gehend weg von dem Geräusch. Es war schon dunkel und der Mond leuchtete am Himmel in voller Pracht.

Als ich mit dem Fahrrad gerade das Lager verlassen wollte, drehte ich mich noch einmal um, denn es war der letzte Abend in meinem Kummerlager. Dies wird ab jetzt ein Ort sein, der nun vergessen wird, ausgelöscht in meinem Gedächtnis, nie existent und unbekannt für die Anderen. Ich senkte meinen Kopf und blickte dabei auf meine

Armbanduhr.

"Oh shit, shit, shit! Schon neun Uhr, das gibt doppelten Ärger!"

Plötzlich wurde ich hektisch und versuchte so schnell wie möglich, nach Hause zu radeln. Als ich die Einfahrt von unserem Haus erreichte, war ich erleichtert, endlich da zu sein. Ich ging in die Garage, die zugleich wie eine Rumpelkammer aussah, und stellte dort mein Fahrrad in die Ecke, wo der einzig noch freie Platz war. Eigentlich wollte ich hier bleiben, denn im Haus würde mich meine Mutter ausquetschen. Ich würde sie dumm anmotzen und dann gibt es einen Streit, der nur aus Brüllen, Weinen und Türe zuschlagen besteht.

Also blieb ich, trotz später Stunde, noch eine Zeitlang in der Garage und dachte über die Zukunft nach. Zum Beispiel, was ich in den nächsten Minuten oder in den nächsten Stunden, Tagen, Wochen, Monaten, Jahren tun würde. Was wird geschehen? Wird mein Leben immer so weitergehen oder wird es eine Veränderung geben? Es interessierte mich brennend und ich wollte es wissen, aber ich konnte nur abwarten und einfach leben. Ja, leben, aber was heißt "leben" eigentlich? Ich meine, jeder versteht etwas anderes unter dem Wort "leben". Jeder hat einen eigenen Lebensstil oder findet etwas anderes wichtiger. Man verallgemeinert das Wort immer, denn wie gesagt, für mich ist Ricky Martin das Wichtigste, für meine Mutter das Essen und für andere wiederum das Geld!

Also kann man nicht sagen, dass "leben" heißt, einfach nur da zu sein auf dieser Welt und etwas zu machen. Es ist viel mehr, denn jeder ist unterschiedlich, und auch wenn man etwas dem anderen nachmacht, ist es immer noch anders. Ich hatte keine Angst vor der Zukunft, ich hatte mehr Angst vor der Gegenwart, denn die Gegenwart ist so schnell wieder vorbei. Von einer Sekunde auf die andere ist das, was du getan hast, schon wieder Vergangenheit.

Ich lehnte mich an die kalte, feuchte Wand, wo der Putz schon abbröckelte, und seufzte mehrmals. Durch dieses Seufzen atmete ich sehr tief ein und merkte erst dann, dass es hier drinnen sehr modrig roch. Es war ein Geruch von Lack, Farbe und modrigem, verfaultem Holz. Ich stand auf und putzte mir die Hose und meine Knie ab. Wieder schaute ich auf meine Uhr, wo die Zeiger schon auf halb zehn standen. Dann gab ich mir einen Ruck und überredete mein Inneres doch ins Haus zu gehen.

"Ob ich jetzt geh oder nachher, ist doch eigentlich egal!"

Ich öffnete die Garagentür, ging den Kiesweg an Birken und zahlreichen Topfpflanzen entlang zur Haustür. Kurz entschlossen legte ich meine Hand auf den eisernen, kalten Türknopf, doch statt die Tür aufzudrücken, hob ich meinen Kopf und schaute an unserem Haus hoch.

Es ist ein altes, weißes Bauernhaus, dessen Fenster gelb umrahmt sind. Es liegt inmitten eines verwachsenen Gartens, wo im Sommer nur eine Stunde die Sonne scheint, da rings herum hohe Bäume stehen. Ich holte tief Luft und öffnete die hölzerne Eingangstür.

"Hallo, bin da!"

Meine Mutter kam aus der Küche und wischte sich die Hände an der Schürze ab.

"Wo warst du so lange?"

"Ich war spazieren!"

Ohne noch weiter was zu sagen, stapfte ich in mein Zimmer hinauf und verarztete mich erstmal mit einem alten Pflaster, dass ich in meiner Schublade gefunden hatte. Während ich meinen Schnitt verdeckte, fiel mir ein, dass ich ja noch

Mathe üben musste.

"Mann, das kann ich jetzt auch noch machen, dabei verstehe ich doch gar nichts!"

Widerwillig ging ich zum Gästezimmer und klopfte dort an die Tür. Steff öffnete mir und schaute mich von oben herab an.

"Was?!"

"Könntest du mir bei Mathe helfen, ich versteh es nicht!"

"Hast ja schon sooo viel geübt, aber ich helf dir, Scheißerle!"

Nun übertraf mein giftiger Blick den ihrigen, der mir gegenüber verarschend war.

"Ach weißt du was, ich kann das auch ohne dich, dazu brauche ich nicht dein Herumgemotze und deine blöden Kommentare!"

Ich drehte mich vor ihr um und ließ sie einfach links liegen, wobei ich noch etwas vor mich her flüsterte.

"Diese blöde Kuh, sie kann mich immer nur dumm anmachen! Aber das Schlimmste ist, dass ich morgen eine Ex schreibe und nichts verstehe, gar nichts. Steff wäre die Einzige gewesen, die mir hätte helfen können, aber da schreibe ich dann doch lieber eine Sechs!"

Gelangweilt und verärgert über meine missliche Lage, kramte ich mein Mathezeug heraus und machte mich daran, wenigstens einen Teil zu verstehen. Ich stützte meinen Kopf auf und kaute an meinem Bleistift, bis der fast splitterte. Ok, ich geb ja zu, dass ich mich nicht sonderlich anstrengte, doch trotzdem schmiss ich wütend meinen Stift in die Ecke und ließ meinen Blick zu dem Poster schweifen, wo Ricky lässig auf einem weißen Sofa saß. Er sah so süß und zum knuddeln aus, dass er mich wieder fröhlicher machte.

"Na gut, dann mache ich es halt für dich!"

Ich sprach oft mit ihm oder besser gesagt mit dem Bild von ihm, so als ob er mich hören könnte. Zum Beispiel, wenn ich ein Problem habe, setze ich mich auf mein Bett und spreche mit ihm englisch, dabei bessere ich sogar noch meine zweite Fremdsprache auf. Danach ging es mir immer ein bisschen besser, denn ihm konnte ich alles sagen und das Gute daran war, er konnte mich nicht auslachen. Doch manchmal brach auch ich selber in schallendes Gelächter aus, denn welcher normale Mensch spricht schon mit einem Foto? Nur das Dumme war, auch wenn mich jeder für blöd erklären würde, könnte ich diese Gewohnheit nicht ablegen, denn für mich ist es mehr als nur ein Poster. Er lebt mit mir in meinem Zimmer, sieht alles was ich mache und tue. Er bekommt alle Höhen und Tiefen von mir mit, und das Schönste, es ist so, als ob er wirklich bei mir wäre, an meiner Seite gemeinsam mit mir die Stunden zählen würde und mir neue Kraft für den Tag geben würde, so erschien mir das!

Lächelnd wendete ich mich wieder weg von meinen Gedanken dem langweiligen Mathe zu, dass ich nun in zwei Stunden mit Qual und Überwindung reinpaukte.

Später saß ich immer noch da und versuchte mir irgendwie ein und dieselbe Formel zu merken.

"Also, wenn ich x und y addiere, dann ergibt es diese Formel! Wer hat das eigentlich entwickelt? Und...! Nein, nein, nein! Stop, nicht philosophieren, sondern rechnen!"

Immer weiter quälte ich mich und genauso sah auch das Lernen aus, ein Konzept oder einen Plan hatte ich nämlich nicht wirklich, aber ungefähr um Mitternacht verstand ich es, obwohl ich fast einschlief. Total ausgelaugt versuchte ich schließlich noch, die letzte Aufgabe in irgendeine noch freie Gehirnzelle reinzuquetschen.

"Ok, also, wenn ich vie- vie- vier...! Mmhh, bin ich müde!"
Ich konnte meine Augen einfach nicht mehr offen halten und
schlief über den Heften ein. Mit jeder kleinen Bewegung
rutschte ich immer weiter vom Tisch ab, und als ich den
Boden küsste, kapierte ich erst einmal gar nichts.
Benommen rappelte ich mich auf und rieb mir meine
Schulter. Schwerfällig schleppte ich mich zu meinem Bett
hinüber und legte mich mit meinen dreckigen Sachen hinein.
Ich zog mir die Decke über den Kopf und schlief einfach
weiter, als ob ich dort schon die ganze Zeit gelegen hätte.
Mein Traum bestand eigentlich nur aus Traumfetzen und
ergab keinen wirklichen Sinn. Aber ich schlief trotzdem sehr
gut und vor allem war alles viel weicher als vorher.
Am nächsten Morgen, der nicht lange auf sich warten ließ,
läutete um sieben Uhr mein Wecker. Ich schnellte in die
Höhe, schaffte es irgendwie aus dem Bett zu kommen und
ging gleich zu meinem Kleiderschrank. Schlaftrunken
kramte ich eine Hose, ein T-shirt und einen Pulli aus
meinem Schrank und lehnte mich an meine Zimmertür.
Plötzlich wurde ich hellwach, nämlich als meine Mutter die
Tür aufriss und mir diese genau in die Hacken haute.
"Aua, was soll das, Mist!"
Ich fing an zu fluchen und hüpfte auf einem Bein durch
mein Zimmer.
"Oh, das tut mir leid, wollte ich wirklich nicht!"
"Schon gut Mam, ich muss jetzt aber schnell
verschwinden!"
Mit schmerzverzerrtem Gesicht streifte ich noch meinen
Pulli über den Kopf und packte den, wie sich später
herausstellte, leeren Eastpak. Unten leerte ich Cornflakes in
eine Schüssel und schüttete Milch darauf, dann haute ich sie
mir schnell rein, da ich sonst den Bus verpasst hätte. Ich

nahm noch schnell meine Jacke und zog noch die Schuhe an. Völlig schlampig verließ ich das Haus und hetzte zur Bushaltestelle, doch der Bus fuhr gerade weg, und ich rannte winkend hinterher. Tatsächlich, er sah mich und hielt. Schnell stieg ich ein und suchte nach dem Gesicht meiner Freundin. Sie saß weit hinten, deshalb blieb ich vorne stehen, da ich mich sonst an all den anderen Schülern vorbeidrängen müsste.

Als ich meinen Rucksack auf den Boden stellte, merkte ich erst, wie leicht er war. Hastig öffnete ich ihn und fing leise an zu fluchen.

"Nein, sag jetzt nicht, dass er leer ist?"

Ich strich mir hilflos durch die Haare, verhedderte mich aber total in ihnen, da ich sie nicht durchgekämmt hatte. Die restliche Busfahrt setzte ich mich auf den Boden und kämpfte mit dem Schlaf. Nach zwanzig Minuten Fahrt, kamen wir endlich bei der Schule an, wo ich total entnervt ausstieg und draußen noch auf meine Freundin wartete.

"Hey Sophie, wie geht's dir denn? Du schaust etwas fertig aus!"

"Bitte, sag nichts weiter!"

Zusammen gingen wir dann in unsere Klasse, wo ein Poster von Ricky Martin auf meinem Platz lag. Zur Begrüßung sagten mir viele hallo und Steffi stieß einen ihrer üblichen "Hi-schreie" aus. Ich sagte auch guten Morgen, bedankte mich bei Sarah für das Poster und setzte mich dann an meinen Tisch. Wenig später kam unser Lehrer herein und knallte seine Tasche auf das Lehrerpult.

"So, wir schreiben jetzt eine Ex! Ich hoffe für euch, ihr habt gelernt, wenn nicht, ist das schlecht!"

Ein Stöhnen ging durch die Klasse und zwei meiner Klassenkameraden mussten die Exblätter austeilen. Nach einem kurzen Blick auf das Blatt war für mich alles klar. Zehn Minuten später hatte ich alles auf meinem Papier stehen, korrigierte es zufrieden durch und drehte es dann um. Wenig später sammelte unser Lehrer die Arbeiten ein und verräumte sie in seiner Ledertasche. Er schimpfte noch ein bisschen, weil wir zu laut waren und verließ am Ende der Stunde mit einem bösen Blick den Raum. Im Stundenwechsel schaute ich noch ins Geschichtsbuch einer Freundin, da mir noch eine Note fehlte. Und tatsächlich, ich wurde ausgefragt und bekam eine gute Zwei eingetragen. Meine Laune besserte sich schnell und ich hatte den heutigen Morgen schon fast vergessen.

So ging wieder ein Schultag vorbei, dann eine ganze Woche, worauf die nächste folgte, bis drei Monate vergangen waren. Es war ein bitterkalter Tag und alle fieberten den bevorstehenden Weihnachtsferien entgegen. Auch ich schaute schon ungeduldig auf die an der Wand hängende Uhr und zählte die einzelnen Sekunden. Unsere Lehrerin verstand unsere Unruhe und wünschte uns ausnahmsweise fünf Minuten früher schöne Ferien. Schnell packten alle ihre Sachen ein und stürmten aus dem Klassenzimmer. Ich blieb noch ein bisschen sitzen und verstaute langsam meine Sachen im Eastpak. Ich stand auf, stellte meinen Stuhl auf den Tisch und schlenderte zusammen mit meiner Clique, die aus Natascha, Kathie, Moco, Kraus, Sarah, Julia und Kathrin bestand, durch die Schule zur Eingangstür, wo wir uns dann gründlich voneinander verabschiedeten.

Draußen wartete meine Mutter im Auto, um mich abzuholen. Meine Freundin winkte mir noch zu und ich schrie zu ihr rüber, ob sie nicht mitfahren wolle.

"Nein danke, ich fahre mit dem Bus. Ich ruf dich noch an!"

"Ja tschau, ein schönes Weihnachten und einen guten

Rutsch!"

Ich öffnete die Autotür und setzte mich hinein.

"Na, wie war der letzte Schultag?"

"Bloß weg und dass bitte schnell!"

Meine Mam ließ den Motor an und drehte auf dem Parkplatz um. Nach einer Viertelstunde kamen wir bei unserem Haus an, wo ich noch den Einkauf in die Küche brachte. Oben in meinem Zimmer ließ ich mich nach dem ganzen Einräumen erschöpft auf das Bett fallen.

"Mann bin ich froh, dass ich endlich frei habe! Diese Schule kann einem echt den letzten Nerv rauben!"

Ich schaute auf mein Ricky Martin-Poster und küsste es wie immer zur Begrüßung.

"Schade, dass du nicht wirklich hier sein kannst, ich hätte dir so viel zu sagen!"

Zufrieden und lächelnd legte ich meinen Kopf auf das Kissen und schloss zur Entspannung die Augen. In diesem Moment rief meine Mutter von unten, dass ich den Tisch decken solle. Genervt quälte ich mich aus dem bequemen Bett und ging runter, um meiner Mutter abermals zu helfen. Ich nahm Teller, Gläser und Besteck aus dem Schrank und deckte für jeden auf.

"Warum kann eigentlich nicht Steff helfen? Sie hat doch eh nichts zu tun!"

"Sie ist unser Gast und außerdem hat sie mir beim Putzen geholfen!"

"Ach so, dann geh ich jetzt fernsehen."

Im Wohnzimmer wechselte ich ständig das Programm, da nur Talk Shows liefen und die hasste ich mehr wie Steff. Eigentlich schon wieder verärgert schaltete ich den Fernseher aus und ging wieder zu meiner Mam.

"Was gibt es eigentlich zu essen?"

"Spagetti mit Tomatensoße!"

"Kann ich dir was helfen?"

"Ja, du könntest bessere Laune haben!"

Im gleichen Moment steckte jemand den Schlüssel ins Schloß und öffnete die Tür.

"Hallo, bin da, wer ni-icht?"

Steff kam herein und hängte ihre Jacke auf den Kleiderständer.

"Steff, jetzt hast du den Schnee von deinen Schuhen auf dem Holzboden verteilt, der wird doch ganz nass", rief meine Mutter und kam gleich mit einem Handfeger aus der Küche gestürzt und drückte ihn Steff in die Hand.

Sichtlich gedemütigt bückte sie sich und fegte den Schnee weg. Als sie bei mir vorbei ging, um den Schnee in den Mülleimer zu schmeißen, stieß sie mich extra an der Schulter an. Um mir eins auszuwischen, fragte sie mich ganz laut, was ich eigentlich auf die letzte Mathe-Ex bekommen hatte. Ich wusste, dass Steff diesen Schritt irgendwann machen würde, und hatte deswegen meiner Mutter noch nichts von dem Test gesagt. Gewundert hatte es mich aber schon, dass sie mich das nicht eher gefragt hatte, schließlich habe ich die letzte Ex vor zwei Wochen geschrieben.

"Mathe-Ex? Du hast mir gar nichts davon gesagt!"

"Weil sie wahrscheinlich wieder eine Fünf hat!"

"Denkst du, ich habe nämlich ohne Hilfe eine Zwei bekommen, wie letztes Mal auch!"

Erst schaute Steff skeptisch, lachte dann aber laut.

"Das glaubst du ja wohl selber nicht!"

Ich stürmte in mein Zimmer und holte meine kopierte Arbeit aus meinem Heft. Unten reichte ich sie lachend Steff hin und genoss es, wie sich langsam ihr Gesicht versteinerte.

Mit einem Ruck grapschte meine Mutter nach der Arbeit und hielt den Atem an.

"AAhh, du hast es geschafft, ich bin so stolz auf dich, schon deine zweite gute Note!"

Sie umarmte und küsste mich mehrmals. Jetzt schaute ich Steff triumphierend an und fügte noch hinzu: "Heute wohl nicht dein Tag!"

Wütend trampelte sie ins Badezimmer und knallte die Tür hinter sich zu.

Das hatte meinen Tag gerettet, deshalb tanzte ich auch pfeifend in die Küche und setzte mich an den Tisch. Meine Mutter lobte mich die ganze Zeit und umschleimte mich beim Essen mit Komplimenten. Steff dagegen stocherte genervt in den Nudeln herum und giftete mich bei jeder Gelegenheit an.

"Tante Claudia, könntest du bitte aufhören, sonst wird mir noch schlecht!"

"Nein, es kommt ja nicht oft vor, dass sie eine gute Note in Mathe hat?"

"Aber das muss ja nicht das ganze Essen über sein, das kotzt mich wirklich an!"

"Dann geh auf dein Zimmer und spinn dich dort aus!"

"Ja das tu ich und ich will dann aber niemanden mehr sehen!"

Ich rief ihr nach: "Zu dir kommt doch eh keiner freiwillig!"

Während sich Steff in ihr Gästezimmer verdrückte, aßen wir noch unsere Nudeln fertig. Als ich den letzten Bissen heruntergeschluckt hatte, räumte ich das Geschirr zur Spüle und pfiff nach meinem Hund Fanny. Sie kam aber nicht, deshalb sah ich im Garten nach, wo ich sie dann auch hinter einem Strauch erblickte.

"Fanny, komm her, ich hab dir was mitgebracht!"

Endlich kam sie zu mir und sprang freudig an mir hoch. Ich gab ihr gleich das Leckerlie, da sie schon gierig auf meine Hände schaute.

"Ja, da hast du dein Frolic, aber dann gehen wir spazieren!" Während sie noch ihre Belohnung verspeiste, zog ich schon meinen Mantel und Mütze an. Ich nahm die Leine von der Truhe und hing mir noch meinen Schal um den Hals. Wieder pfiff ich nach Fanny und ging dann mit ihr durch den pulvrigen Schnee. Fest in den warmen Mantel eingepackt, lief ich durch die hohe, weiße Pracht. Fanny warf sich hin und versuchte mich zum Spielen zu bringen. Das schaffte sie auch und so jagten wir über die Wiese. Sie schlug Haken und entwischte mir deshalb immer wieder, doch am Schluss gelang es mir sie zu fangen und ich rieb sie mit Schnee ein. Nach der Jagd rannten wir wieder nach Hause ins Warme, wo ich mir eine heiße Schokolade machte. Dann füllte ich sie in zwei Tassen und stellte eine davon Fanny auf den Boden. Während mein Hund gierig das warme Getränk herausschlabberte, setzte ich mich kopfschüttelnd auf die Spüle und schaute ihr grinsend zu.

"Wie kann ein Hund nur so verfressen und gierig sein?" Als sie fertig war, leckte sie ihr Maul sorgfältig ab und legte sich zufrieden auf ihren Platz. Ich stellte ihre und meine Tasse in den Geschirrspüler und stellte ihn an.

Aus dem Schrank holte ich mir noch einen Schokoriegel und wollte dann wieder auf mein Zimmer gehen. Doch da läutete das Telefon und ich ging schnell ran.

"Hallo?"

"Grüß Gott, ich bin von der Organisationsfirma für Theater und Konzerte, dürfte ich mal mit ihrer Mutter sprechen?"

"Aber natürlich, einen Moment!"

Ich hielt den Hörer zu und rief nach meiner Mutter.

"Ma-am, da ist so ein Typ, der will mit dir irgendwas besprechen!"

"Ich nehme oben ab! Danke, du kannst auflegen!"

Ich tat dies und biss herzhaft in meinen supersoften Schokoriegel. Ich entschloss mich noch einmal, die Fernsehprogramme durchzuschauen, und hoffte, dass es jetzt etwas Besseres geben würde. Und tatsächlich, es gab eine Sendung, die aber nach einer Zeit auch langweilig wurde, und deshalb wartete ich, bis meine Mutter mit telefonieren fertig war. Dann endlich, nach einer halben Ewigkeit, legte sie auf und ich konnte meine Freundin anrufen. Ich wählte die Nummer und wartete darauf, dass sie abhob.

"Hallo?"

"Ja hi, hier ist Sophie, ich wollte fragen ob du Lust hast, mit mir Weihnachtsgeschenke einkaufen zu gehen?"

"Ne, daraus wird leider nichts, ich fahre doch jetzt gleich in die Berge!"

"Na dann viel Spaß - und brich dir nicht die Beine!"

"Ja tschüss, hab dich lieb!"

Ich legte wieder auf und rannte runter zu meiner Mutter.

"Mam, kannst du mich in die Stadt fahren?"

"Ja klar, ich fahre dann weiter, noch ein paar Besorgungen machen. Du musst dann leider mit dem Bus nach Hause fahren!"

"Macht nichts, Hauptsache ich komme in die Stadt!"

"Dann beeil dich, ich muss jetzt gleich los!"

Schnell packte ich meine Tasche, half Sachen ins Auto hineinzuladen und fuhr dann mit meiner Mam in die Stadt. Dort kaufte ich eine Menge Geschenke für alle Verwandten und schleppte mich vollbeladen, nach zwei Stunden bummeln, zur Bushaltestelle, wo ich wenig später wieder nach Hause fuhr. Ich hatte keinen langen Weg bis zu unserem Haus, worüber ich sehr froh war, denn die Tüten schienen Tonnen zu wiegen. Vor der Türe suchte ich wie verrückt nach meinem Schlüssel, den ich aber in der Hektik vergessen hatte. Also musste ich läuten, worauf Fanny wenig später an der Tür kratzte. Drinnen hörte man die Stimme von Steff, die Fanny befahl aufzuhören.

Steff öffnete die Tür einen Spalt und als sie mich erblickte sagte sie, wie zu einem Fremden: "Nein, wie oft soll ich es noch sagen, wir haben schon gespendet!"

"Steff hör auf, mir ist arschkalt und du machst so blöde Witze!"

"Na und? Tante Claudia kommt erst um halb acht und sie hat gesagt, ich soll niemanden rein lassen, außerdem wolltest du erst um sieben kommen! Also, viel Spass noch!"

Sie schlug wieder die Tür zu und ließ mich wirklich draußen stehen.

"Das kriegst du zurück, du blöde Kuh!"

Ich ging zur Nachbarin und fragte, ob ich nicht den Schlüssel von unserem Haus haben könnte. Kurze Zeit später schloss ich die Tür auf und stellte meine Sachen auf die alte Holztruhe.

"Steff, wo bist du? Jetzt gibt es etwas!"

"Dazu musst du mich aber erst einmal kriegen und das schaffst du bestimmt nicht!"

Ich knallte die Tür zu und schrie: "Wenn du dich bei mir entschuldigst, dann lasse ich Gnade walten!"

"Du hörst dich an wie ein Bulle", rief Steff.

"Ha, und du bist halb so schlau wie Goofy!"

Nun wusste ich, wo sie sich aufhielt und rannte deshalb ins Wohnzimmer, sah Steff aber nicht.

"Wo bist du, du Schlange?"

Plötzlich knallte jemand die Tür hinter mir zu und sperrte

mich ein. Ich lief hin und rüttelte am Türgriff.

"Steff, ich warne dich, mach auf!"

"Ich denk nicht dran!"

Daraufhin schlug ich mit aller Kraft gegen die Tür.

"Spinnst du? Wenn die kaputt geht, werden wir gekillt!"

"Nein, nicht wir, sondern du! Also überleg es dir mit dem aufmachen!"

"Na gut, aber ich krieg zwei Sekunden Vorsprung!"

"Du kannst froh sein wenn ich dich nicht in den Komposthaufen stecke, außerdem sagtest du doch, dass ich dich nie kriege, jetzt kannst du es beweisen!"

Auf diese Warnung hin sperrte sie endlich auf, worauf ich gleich mit voller Wucht herausstürmte und hinter ihr herrannte. Es gab eine wilde Verfolgungsjagd, die in der Küche am runden Tisch endete. Wenn ich nach rechts lief, tat sie das auch, und wenn ich sie austricksen wollte, checkte sie das gleich und rettete sich noch einmal. Doch am Schluss pfiff ich nach Fanny, die sich auf mein Kommando hin mit ihrem bulligen Körper in Steffs Weg stellte. Wieder rannte ich nach rechts und als Steff dies auch machen wollte, stolperte sie fast über Fanny. Sie kam ins Taumeln, konnte sich aber noch am Tisch festhalten, doch da hatte ich ihr schon meinen Arm um den Hals gelegt und nahm sie in die Schwitzkasten.

"Willst du noch einmal frech sein?"

Mit einem würgenden Ton hauchte sie ein leises "Nein" heraus.

"Ich kann dich nicht hören!"

"Nei-hn!"

"Ich hoffe, dass du das auch ernst gemeint hast, sonst passiert ein Unglück!"

Ich ließ sie los, nahm ein Glas und füllte es mit Wasser.

Steff ahnte schon was ich vorhatte und schaute mich deshalb etwas herausfordernd an.

"Nein, das wagst du nicht!"

"Na und ob! Hab ich irgendetwas zu verlieren? Blöd wirst du immer bleiben!"

Mit diesen Worten kippte ich ihr das Glas über den Kopf. Schreiend wischte sie sich das Wasser, das ihre Wimperntusche total verschmiert hatte, aus dem Gesicht und rannte sofort ins Badezimmer. Ich fing an zu lachen, wurde mir aber erst später über die Folgen bewusst. In diesem Moment kam Steff wieder zu mir in die Küche, aber nicht mit leeren Händen, sondern mit zwei gefüllten Zahnputzbechern, die sie mir ebenfalls über den Kopf kippte. Während ich mich erholte, lief sie gleich noch einmal ins Bad und kam mit einem gefüllten Eimer zurück.

"Und jetzt natürlich noch die Zugabe!"

Ich schaute sie ungläubig an, doch als sie den Eimer über meinen Kopf hielt, stand ich schnell auf, packte den Kübel und übergoss Steff damit. Völlig erschrocken plumpste sie auf den Boden, der jetzt eher einem See glich. Sie schaute angeekelt an sich runter und betrachtete ihre anscheinend neue Seidenbluse.

"Spinnst du, die habe ich gestern erst gekauft!"

"Selber Schuld!"

Sie sprang hoch und stürzte sich auf mich. Wir wälzten uns in der Wasserpfütze und versuchten uns gegenseitig noch nasser zu machen. Am Ende gewann aber ich, worauf ich mich aufrichtete und die hilflos am Boden liegende Steff betrachtete. Mir fiel natürlich noch die Krönung ein und deshalb ging ich zum Küchenschrank, wo ich eine ganze Mehltüte herausholte, deren Inhalt ich auf Steffs nassen Körper verteilte. Genussvoll leerte ich ihr den Rest über die

Haare. Sie drehte sich langsam auf den Rücken und bemerkte erst jetzt, dass ich die Mehltüte in den Händen hielt. Schnell schaute sie an sich runter und griff sich an den Rücken. Sie ließ sich wieder in die Pfütze fallen und schlug mehrmals mit der Faust ins Wasser.

"Womit habe ich diese Cousine verdient, womit nur?"

Ich ahnte schon einen Gegenschlag und rannte, um ihm zu entgehen, auf mein Zimmer, wo ich mich einsperrte. Schnell zog ich die nassen Klamotten aus und legte sie auf meinen Stuhl. Aus meinem Kleiderschrank nahm ich mir frische Sachen raus, zog sie aber noch nicht an. Ich hatte mir nämlich eine trendige Hose und ein paar Tops gekauft, die ich schnell von unten holte und probierte. Doch als ich gerade meine kleine Modenschau beendet hatte, schallte ein lauter, kreischender Schrei durchs Haus, worauf ich gleich wusste, was los war.

"Ooh, Mama ist da!"

Ich schmiss meine nassen Klamotten unters Bett, versteckte meine neuen Sachen und tat so, als ob ich Mathe büffeln würde, was dir in den Ferien natürlich keine Mutter abnimmt. Gleich nach dem Schrei kam meine Mam die Treppe hoch und klopfte an meine Tür, die ich, mit dem Mathebuch in der Hand, öffnete.

"Hi Mam, ich bin auch gerade gekommen!"

Das war zwar gelogen, aber es war ja nicht nachweisbar, dachte ich, bis mir meine Mutter aber das Gegenteil bewies.

"Das habe ich aber anders gehört! Die Nachbarin war nämlich gerade an der Tür und wollte ihren Schlüssel wieder haben. Und sag bloß, du hast die Küche in ein paar Sekunden so zugerichtet und Steff hat sich aus Spaß mit Mehl eingerieben! Alles klar, du bist ganz unschuldig hier reingekommen und hast in den Ferien Mathe geübt! Glaubst du wirklich ich bin so blöd und nimm dir das ab?"

"Naja, vielleicht bin ich doch schon etwas länger hier, ja, und die Küche habe ich nur deshalb so verdreckt, weil...!"

"Nein, ich will es nicht hören, Steff ist ja wahrscheinlich eh wieder Schuld, also sparen wir uns das! Ihr räumt das auf und wenn es bis morgen dauert. Ich will die Küche ohne irgendein Staubkörnchen vorfinden! Und ich warne euch, wenn das nicht geschieht, habt ihr eine Woche lang Allesverbot!"

Sie ging kochend vor Wut aus meinem Zimmer und knallte die Türe so zu, dass meine Blumenvase wackelte.

"Puhh, die ist aber ganz schön abgegangen, so hab ich sie noch nie erlebt! Aber ausreden hätte sie mich schon lassen können!"

Seufzend zog ich mir ein uraltes T-shirt und eine schon zerfetzte Jeans an.

"Na dann auf in den Kampf!"

Ich ging wieder runter und holte mir gleich einen Eimer mit einem Putzlappen. Mürrisch kniete ich mich hin und begann den Mix aus Wasser und Mehl, der in der halben Küche verteilt war, aufzuwischen. Nach einer Weile gesellte sich auch Steff zu mir und wischte, gezwungenermaßen mit mir den Dreck auf. Sie fing schweigend an, ihre Strafe zu erledigen, wirkte dabei aber äußerst abweisend und fasste den Lappen an, als ob da eine höchst giftige Flüssigkeit drauf wäre. Als ich etwas zu ihr sagen wollte, schnitt sie mir gleich mit einem scharfen Ton den Satz ab: "Halt die Schnauze, sonst hau ich dir den Lappen ins Gesicht!"

Ich antwortete nicht, denn ich wollte nicht noch mehr Ärger bekommen, aber leise flüsterte ich, dass sie sich das eh nie trauen würde!

"Hast du irgendwas gesagt", fragte Steff herausfordernd.

"Ne, wieso, sollte ich?"

"Dann arbeite weiter und halt den Mund!"

"Du hast angefangen, aber ich hatte dich gewarnt, selber Schuld!"

Das Gezanke und Geputze ging noch eineinhalb Stunden so weiter, bis mein Rücken wie die Hölle schmerzte. Total müde und fertig putzte ich um elf Uhr den letzten Fleck in der hintersten Ecke weg.

Meine Eltern waren schon längst schlafen gegangen, darüber war ich froh, sonst hätte ich auch noch eine Standpauke bekommen, die ich jetzt wirklich nicht brauchte. Ich ging ins Bad, wusch mich aber eigentlich gar nicht, sondern putzte mir nur die Zähne. Auf dem Gang traf ich Steff, die schon in ihrem langen Shirt steckte und gerade im Gästezimmer verschwand. Auch ich ging jetzt ins Bett und versuchte schöne Träume zu haben.

Ich glaube, so schnell wie dieses Mal, war ich noch nie eingeschlafen. Tief kuschelte ich mich in mein Bett und genoss es ungestört in einen meiner Träume zu versinken, doch der war wirklich zu intim, um ihn zu erzählen. Aber, ich verrate nur eins, wir liebten uns wie ein Liebespaar und erlebten sehr viel zusammen. Aber die Details könnt ihr euch ja selbst ausmalen. Auf jeden Fall hatte ich bis zum frühen Morgen nur schöne und spannende Träume mit Ricky. Immer wieder anders, einmal aufregend und dann wieder gefühlvoll, wie die Musik die er macht.

Als es am frühen Morgen in meinem Zimmer hell wurde, da ich die Vorhänge nicht zugezogen hatte, wachte ich leider schon um sieben Uhr auf.

"Mhh, schon Morgen? Ich will doch noch schlafen!"

Gerade als ich das dachte, läutete auch noch der Wecker.

Ich wollte mit der Hand auf ihn draufhauen, verfehlte ihn

aber und schlug mit meinem Handgelenk voll auf die Kante des kleinen Tisches, wo er stand.

"Au, shit, ohh, das tut vielleicht weh! Verdammt!"

Ich wollte aufstehen, verhedderte mich aber in meiner Bettdecke und fiel mit einem Rumpler aus dem Bett. Völlig genervt und mit schmerzverzerrtem Gesicht, kroch ich auf dem Boden zum Nachttisch, wo noch immer laut der Wecker läutete. Endlich schaffte ich es ihn abzustellen und bemerkte dabei die Uhrzeit, bei der ich mit geprelltem Knie und Handgelenk am Boden herumkroch. Das heutige Datum. Das kam mir doch irgendwie wichtig vor.

"Na toll, heute ist doch Weihnachten, Weihnachten?"

Erschrocken schaute ich auf meine Poster.

"Oh mein Gott, dass hätte ich ja fast vergessen! Happy birthday to you, happy birthday to you, happy birthday dear Ricky, happy birthday to you!"

Lachend legte ich mich auf den Rücken und stellte mir vor, wie ich mit Ricky Geburtstag feiern würde. Das wäre echt cool, aber ich wüsste nicht was ich ihm schenken sollte!

Ich stand auf, legte meine Bettdecke auf mein Bett und ging dann ins Bad, um zu duschen. Ich freute mich schon auf den Geruch von Plätzchen und war auch gespannt, ob ich heuer die Kekse nicht wieder verkokelt aus dem Backofen herausholen würde. Bei dem Gedanken an Schokolade und das gute Weihnachtsessen bekam ich totalen Hunger. Deshalb wusch ich mir im Schnelltempo die Haare und eilte runter zum Frühstück.

Der Tag ging so vorbei und ich lag eigentlich nur vor der Glotze, packte dazwischen meine Geschenke ein und versuchte nicht an Ricky zu denken. Als es gerade sechs Uhr geworden war, klingelte es an unserer Haustür, worauf ich gleich runter stürmte, denn wir erwarteten unsere ganzen

Verwandten. Ich riss die Eingangstür auf und blickte gleich in die strahlenden Gesichter meiner Großeltern, Tanten, Onkels und deren Kinder. Meine Oma machte mir natürlich gleich einmal zahllose Komplimente, unter anderem wie hübsch und wie groß ich geworden bin, das sagt sie immer wenn sie kommt.

"Danke Omi, aber kommt doch erstmal rein, sonst erfriert ihr uns noch da draußen!"

Mit lautem Gelächter saßen wir wenig später am Tisch und aßen Truthahn mit verschiedenen Beilagen. Wir amüsierten uns köstlich und redeten viel miteinander. Alle meine kleinen Cousinen und Cousins saßen mit großen Augen vor meinem wild mit den Armen fuchtelnden Onkel und fieberten richtig bei seinen Stories, die er erzählte, mit. Ich konnte mich noch gut an sie erinnern. Als ich noch klein war, hat mir Onkel Ralf die selben geheimnisvollen Geschichten erzählt. An eine kann ich mich besonders gut erinnern und als ich den Wortfetzen "Gletscher" aufschnappte, wusste ich sofort, dass er gerade meine Lieblingsgeschichte erzählte.

"Halt, ich möchte auch zuhören, wartet auf mich!"

Schnell stand ich auf, ging zu der kleinen Gruppe rüber und setzte mich neben Kathie, die vor Aufregung zitterte. Ich nahm sie in den Arm und hörte wie alle anderen gespannt der Gletschergeschichte zu.

Als alle mit dem Essen fertig waren, plauderten wir noch ein bisschen und tauschten Erlebnisse aus. Mein Vater stand auf und zwinkerte mir zu, denn ich hatte eine Aufgabe bekommen, die ich auf dieses Zeichen hin erledigen sollte. Ich nahm, während mein Dad im Wohnzimmer verschwand, einen Löffel und schlug damit gegen ein Glas.

"Hört doch alle mal, ich glaube das Christkind ist

gekommen!"

Plötzlich verstummten alle, vor allem die Kinder, und hörten aufmerksam in die Stille, ob nicht irgendetwas wahrzunehmen sei. Und tatsächlich, man konnte ein leises Bimmeln einer Glocke hören, das immer lauter wurde. Dann verstummte es und das war das Zeichen dafür, dass es jetzt Geschenke gibt.

"Auf geht's, jetzt wird ausgepackt!"

Die Kinder stürmten zur Tür, wurden aber von meinem Vater, der noch schnell herausgeschlüpft war, aufgehalten. Als sich alle versammelt hatten, ging die Tür auf und sichtbar wurde ein wunderschöner Christbaum, der über und über geschmückt war. Darunter lagen unzählig viele Geschenke, die groß, klein, lang, kurz, eckig, einfarbig und bunt waren. Das Erste, was man erblickte, war ein riesengroßer Teddybär, der ein Schild um den Hals gebunden hatte, wo mein Name drauf stand. Doch bevor wir auspacken durften, sangen wir noch ein paar Lieder und wünschten uns gegenseitig schöne Weihnachten. Mein Papa pfiff durch die Finger und gab somit den Startschuss zum Auspacken. Kreischend stürmten die Kinder zu ihren Geschenken und ließen richtig die Fetzen fliegen, naja, eher das Geschenkpapier. Und als sich alle Kinder zufrieden mit ihren Präsenten in eine Ecke setzten, um zu spielen, waren endlich die Erwachsenen dran. Ich überreichte meinen Eltern ihr Geschenk, machte mich dann aber selbst dran meine Eigenen zwischen den ganzen Fetzen zu finden. Vollgepackt mit meinen gefundenen Sachen, bedankte ich mich bei denjenigen für die Freude, die sie mir gemacht haben, aber natürlich auch für die überflüssigen Geschenke, die wahrscheinlich auf meinem Regal vergammeln werden. Nach der ganzen Aktion ging ich in mein Zimmer hoch und suchte für jedes Ding einen geeigneten Platz. Ich schaute immer wieder zu meinen Ricky-Postern und hatte nach dem x-ten Mal hingucken eine schöne Idee, die auch gleichzeitig ein Ende für diese Liebe wurde. Schnell rannte ich runter und holte ein Champagnerglas, mit dem ich dann auf Rickys Geburtstag anstieß.

"Happy Birthday und schöne Weihnachten, hoffentlich feierst du schön!"

Ich nahm einen Schluck, küsste mein Lieblingsposter, stellte dann mein Glas auf den Schreibtisch und entschuldigte mich bei Ricky für das was ich gleich machen würde. Mit Tränen in den Augen stieg ich, nach reichlich Überwindung, auf mein Bett und riss alle meine Poster, die ich von Ricky besaß, herunter. Sein Geburtstag war der richtige Anlass für einen Schlussstrich. Ich wollte die Bilder verbrennen, und somit auch meine Liebe zu ihm vergessen, die mich nicht mehr mein Leben leben ließ. Mit schmerzender Seele und schwer vor Trauer weinend, sank ich auf mein Bett. Aus meinen vor Schmerz zugekniffenen Augen quollen nur so die Tränen.

Mein Leid wurde durch ein plötzliches Klopfen an der Tür unterbrochen, die auch sofort geöffnet wurde. Der beste Freund meiner Eltern kam mit einem Glas Champagner herein und setzte sich zu mir aufs Bett. Ich drehte mich aber, immer noch weinend, weg von ihm.

"Alles ok, oder kann ich dir helfen?"

"Geh, ich brauche dich nicht, lass mich in Ruhe!"

"Hey, zu zweit schafft man es manchmal besser!"

"Hau ab, ich will nicht mit dir reden!"

Ferdie bemerkte anscheinend, dass ich meine ganzen Bilder abgerissen hatte, und verstand daher sofort meine Lage.

"Weißt du, es ist gut, dass du versuchst ihn zu vergessen, ich

habe dazu viel länger gebraucht, ich meine, um den Fehler oder mein Verderben zu erkennen und es zu bekämpfen!"
Nun war ich neugierig geworden und wollte natürlich wissen was er meinte, deshalb wischte ich mir auch die Tränen aus dem Gesicht und setzte mich langsam auf, wollte aber nicht angesehen werden.
"Was für einen Fehler denn?"
"Naja, wenn ich ein Problem nicht lösen konnte, habe ich mich entweder mit Alkohol oder mit Drogen zugedröhnt! Ich bekam immer größere Schulden, da ich mir durch den Rausch wieder Probleme einhandelte und die dann abermals mit Drogen überdeckte. Bis ich den ganzen Tag zugedröhnt herumlief und schließlich so ziemlich alles verlor, außer der Freundschaft deiner Eltern!"
"Tolle Story, ich habe im Moment aber selbst Probleme. Außerdem, wenn du das mit den meinen vergleichen wolltest, hast du ganz schön daneben gegriffen, da ist nämlich überhaupt kein Zusammenhang zwischen einer Starliebe und Drogen!"
"Da irrst du dich, er war doch wie eine Droge für dich, er hat zwar nicht deinen Körper zerstört, aber du bist nicht von ihm losgekommen! Es hat eine ähnliche psychische Wirkung wie bei Drogen, du weißt, es tut dir nicht gut, aber du schaffst es nicht deinen Verstand über die Sucht herrschen zu lassen!"
"Da muss man aber lange suchen, um einen Zusammenhang zu finden, hört sich aber nicht schlecht an!"
Daraufhin gab mir Ferdie mein Glas und stieß mit mir an.
"Auf uns, die es geschafft haben von ihrer "Droge" wegzukommen!"
Ein kleines Lächeln huschte über mein Gesicht und ich fühlte mich auch wieder ein bisschen leichter.

"Wieso schaffst du es immer wieder, dass ich mich besser fühle?"

Er kam mir näher und legte seinen Arm um mich.

"Weiß nicht, aber vielleicht ist das ein Grund!"

Sanft und etwas zurückhaltend küsste er mich kurz.

Bei der Berührung jedoch sprangen wir beide auf und redeten wild durcheinander.

"Ähhm, das ist doch nicht wirklich passiert oder?"

"Was soll passiert sein, ich weiß gar nicht, was du meinst?"

"Keine Ahnung, schöne Weihnachten!"

Bevor ich noch etwas sagen konnte, küsste mich Ferdie noch einmal und rannte dann schnell aus meinem Zimmer. Ich setzte mich auf meinen Stuhl und grübelte, was ich nun davon halten sollte. War es nur ein Ausrutscher oder empfand Ferdie wirklich was für mich? Wenn ich das nur gewusst hätte. Nachdenken hätte eh keinen Sinn gehabt, denn in diesen Minuten wusste ich nicht einmal mehr meinen Namen. Völlig verstört stand ich auf und ging ins Bad, wo ich meinen Kopf unter das eiskalte Wasser hielt. Es ließ mich wieder klarer denken und half mir für das Ganze irgendwie einen Sinn zu finden. Ich trocknete mein Gesicht ab und ließ das Wasser ab.

"Tolle Weihnachten, aber eines stimmt, es ist das Fest der Liebe und Gefühle!"

Meine Mam kam herein und fragte, ob alles in Ordnung sei. Ich bejahte dies mit einem schwachen Lächeln und beantwortete ihre Frage, warum Ferdie so schnell verschwunden war.

"Naja, das ist schwer zu begreifen, aber wir hatten ein Gespräch!"

"Aha, noch komme ich mit! Vielleicht sagst du mir auch noch, über was du mit ihm geredet hast!"

"Ähhm, ja, also das kann man jetzt nicht so schnell erzählen, weißt du, es war nämlich ziemlich persönlich!"

"Nein, weiß ich nicht, aber ich hoffe nur das es nicht zu intim war!"

"Du meinst..., nein, also dazu kennen wir uns zu lange, so was würde uns doch nie passieren, außerdem ist er überhaupt nicht mein Typ!"

"Also was war dann los?"

"Er hat mir ein Geheimnis anvertraut, das darf ich aber nicht einmal dir sagen!"

"Ach, meinst du sein früheres Drogenproblem?"

"Ähh, ja, da habe ich vielleicht etwas überreagiert!"

"Na wenn es nicht mehr ist! Ruf ihn am Handy an oder regle das, wenn er wieder zu Hause in Miami ist!"

"Er ist aber nicht extra aus Miami gekommen um mit uns zu feiern, oder?"

"Nein, er ist schon ein paar Wochen in Deutschland und hat da seine Freunde besucht!"

"Puhh, Gott sei Dank!"

"Warum so erleichtert?"

Verlegen schaute ich auf den gefliesten Boden und hoffte, dass meine Mutter nicht weiterbohren würde, sonst hätte ich nicht mehr standhalten können.

"Wenn du dich aussprechen willst, ich bin unten!"

"Ähhm, ja danke, ich habe aber keine Sorgen!"

"Wie du meinst."

Sie drehte sich um und ging wieder runter zu unseren Verwandten. Ich schaute in den Spiegel, der gleich über dem Waschbecken hing, und bemerkte erst jetzt, dass ich rot angelaufen war.

"Mann, hoffentlich hat meine Mam keinen Verdacht geschöpft, aber ganz geheuer schien ihr es irgendwie nicht.

Ich habe mich ja auch echt blöd angestellt!"
Den Vorfall versuchte ich so schnell wie möglich zu vergessen, was mir auch super gelang, da der Abend heiter weiterging. Das Fotoalbum mit verschiedenen Kindheitsfotos wurde rausgeholt und leider auch angeschaut. Es war ziemlich peinlich, da der, der die verschiedenen Fotos gemacht hatte, meistens zum falschen Zeitpunkt abgedrückt hatte. Mein Vater fotografierte auch an diesem Weihnachtsabend die ganze versammelte Familie und klebte das Polaroid gleich ins Album hinein. Bevor meine Babybilder gezeigt wurden, konnte ich glücklicherweise noch schnell ins Wohnzimmer flüchten.
Außerdem brauchte ich irgendeine Beschäftigung, denn Ricky schlich sich schon wieder in mein Herz ein. Um dies zu verhindern, räumte ich das ganze Geschenkpapier weg und nahm die heruntergebrannten Kerzen vom Baum. Es war gar nicht so leicht sich selber zu zwingen, an etwas anderes zu denken, deshalb schärfte ich mir immer wieder dieselben Worte ein:
"Vergiss ihn, ihn gibt es gar nicht, denk an Ferdies Worte!"
Und schon hatte ich etwas anderes zu denken, nämlich an Ferdie.
"Na, auch schon so weit, dass du Selbstgespräche führst?"
Erschrocken drehte ich mich um und erblickte Steff, die höhnisch blickend in der Tür stand. Ohne etwas zu sagen, widmete ich mich wieder dem Zusammenknüllen des Papiers und beachtete sie nicht weiter.
"Hey, ich rede mit dir, oder bist du taub?"
Von mir kam keine Reaktion, keine Antwort, einfach nichts. Ich war selber von mir überrascht, denn eigentlich wäre ich doch jetzt ausgerastet. Doch der letzte Satz von Steff, brach mein eisernes Schweigen.

"Ach so, ich hatte vergessen, dass du wieder an deinen schwulen Ricky denkst!"

Ich blickte auf, ging zu ihr hin und sagte mit einem leisen, beherrschten Ton: "Du bist es gar nicht wert, dass du ein Urteil fällen darfst, und du bist es auch nicht wert, dass ich irgendetwas zu dir sage!"

Ich schubste sie weg und verließ triumphierend den Raum. Nach diesen Worten ließ mich Steff für den Rest des Festes, das bis zum Morgen dauerte, in Ruhe. Als es draußen so langsam wieder hell wurde, waren wir immer noch auf und manche, schien mir so, wollten überhaupt nicht mehr ins Bett gehen. Einige unserer Verwandten waren schon gegangen und auch die anderen wurden um sechs von meinen Eltern hinausgeschmissen, außer Steffs Mutter.

Totmüde legten sich meine Eltern, Steff und deren Mam hin und schliefen den Rest des übriggebliebenen Morgens. Ich machte meiner Mutter noch einen Gefallen und räumte das schmutzige Geschirr in den Geschirrspüler. Alle schliefen schon tief und fest, während ich noch wie eine Wahnsinnige das Haus aufräumte. So als nachträgliches Weihnachtsgeschenk und außerdem hätte ich sowieso nicht schlafen können, noch nicht, dazu war viel zu viel passiert. Doch um halb acht, als das ganze Haus sauber war, legte ich mich erschöpft mit einer Decke auf die Couch, da meine Tante in meinem Zimmer schlief.

Ich konnte nicht einschlafen, denn ich wurde von Alpträumen geplagt. Immer wieder hörte ich meine Stimme, die mir befahl, Ricky zu vergessen. Doch er stand vor mir und schaute mich böse an, ja er beschimpfte mich sogar. Ich wusste, dass dies nur ein Traum war, aber ich konnte nicht aufwachen, ich war gefangen in diesem ewigen Kreislauf. Mir wurde heiß, kalt und alles drehte sich im Kreis, oder drehte ich mich?" Ich wusste es nicht, es war mir auch egal, ich wollte nur hier raus, raus aus diesem Alptraum. Ich merkte wie mein T-shirt an mir klebte und wie immer mehr Schweißperlen auf meine Stirn traten. Mit den Fäusten und Armen versuchte ich, mich zu wehren, aber es half nichts, die Stimme verstummte einfach nicht. Langsam spürte ich, wie Panik in mir aufkam, denn je mehr ich um mich schlug, desto weniger konnte ich mich bewegen. Plötzlich merkte ich einen starken Schmerz in meinem Arm und auch eine Stimme, aber nicht meine!

"Sophie, aufwachen!"

Doch als ich meine Augen nicht so recht öffnen wollte, spürte ich wenig später etwas Feuchtes an meiner Wange rauf und runter gleiten. Als mich aber auch dies nicht so richtig aufweckte, bekam, wie sich nachher herausstellte, Fanny den Befehl zu bellen, was sie dann auch tat, jedoch direkt in mein Ohr. Ich schreckte hoch, wischte mir den Schweiß von der Stirn und strich mir durch die Haare. Nachdem ich mich aufgesetzt hatte, erblickte ich auch meine Mutter, sah sie aber nicht sehr glücklich an.

"Danke, dass du mich aufgeweckt hast?! Ach, unten habe ich noch eine Überraschung für dich!"

"Erst mal guten Morgen und bitte gern geschehen! Jetzt bin ich aber schon gespannt, was die Überraschung ist! Komm Fanny, wir schauen mal runter!"

Meine Mutter lächelte mich an und ging dann mit Fanny runter. Nach nicht allzu langer Zeit kam sie wieder hoch und küsste mich auf die Stirn.

"Also das ist das schönste Geschenk, dass du mir je gemacht hast! Weißt du, wie herrlich das ist, aufzustehen und das ganze Haus ist sauber? Ach, und wollen sie bei uns als Putzfrau anfangen, wir zahlen ihnen 15,- DM Stundenlohn!"

Wir beide fingen nach diesem Satz an zu lachen und gingen runter in die Küche, wo wir uns einen Kaffee machten. Wir unterhielten uns über den gestrigen Abend und über das, was wir so bekommen hatten. Unseren größten Spaß hatten wir aber als wir über Steff redeten, die den ganzen Abend nichts mit meiner Mutter gesprochen hatte. Überhaupt lachten wir an diesem Morgen die halbe Müdigkeit der Nacht weg. Aber das Tollste war, dass ich mich noch nie so gut mit meiner Mutter verstanden hatte. Es lag natürlich auch ein bisschen an mir, denn ich wollte eigentlich nie so richtig mit ihr sprechen, doch jetzt machte es sogar Spaß. Aber irgendwie ist sie auch lockerer geworden und nimmt alles viel leichter. Vielleicht hatte sie sich aber wirklich so über mein Putzen gefreut, denn normalerweise müsste sie jetzt anfangen, meine getane Arbeit zu erledigen. Im Grunde verstanden wir uns ja immer schon gut, aber heute war es irgendwie anders.
"Ach, weißt du was?"
"Nein, was denn Mum?"
"Steff ist eigentlich eine fiese, kleine Schlange, die gerade in der Pubertät ist!"
"Mann, endlich mal jemand der meiner Meinung ist!"
"Ja, ich habe mal drüber nachgedacht, was sie dich früher immer gehänselt hat, und du warst trotzdem immer nett zu ihr!"
"Aber mögen tue ich sie nicht mehr, sie ist viel gemeiner und verletzender geworden!"
"Die kommt wahrscheinlich eh nicht mehr her!"
"Da freu dich mal nicht zu früh!"
"Wieso?"
"Na, weil sie ja dann niemanden mehr zum ärgern hat!"
"Das werde ich dir so gut wie möglich ersparen!"
"Danke Mam, aber ich will nicht, dass du Ärger mit ihrer

Mutter bekommst!"

Danach ging ich zum Küchenschrank, holte mir Kellogg's heraus und schüttete mir dann Milch darüber.

"Willst du auch welche haben?"

"Ja, warum nicht?"

Wenig später saßen wir beide laut knuspernd am Tisch und unterhielten uns über meine Geburtstagswünsche.

Den restlichen Tag hing ich wieder herum und schaute mir meine neuen Sachen an. Ich verschönerte meine nackten Zimmerwände mit verschiedenen Fotos und Postern. In der Ecke klebte Eminem und in der anderen wiederum etwas von Enrique Iglesias. Nach der aufwändigen Verschönerungsaktion setzte ich mich an meinen Schreibtisch, wo ich anfing ein Liebesgedicht zu schreiben, jedoch kam dabei nicht viel heraus, da ich nur schrieb um mich zu beschäftigen. Am Abend schaute ich noch lange Fern und überlegte, wie ich die Tage bis zum 29. überleben sollte, da war nämlich mein 16. Geburtstag. Doch schließlich gingen sie auch ohne viel Nervosität und Aufregung vorbei. Bereits um acht Uhr sprang ich aus dem Bett und führte einen Freudentanz auf.

"Yes, ich bin sechzehn, das fass ich nicht, endlich!"

Nachdem ich mich wieder beruhigt hatte, beschloss ich, mir ein gemütliches Badewannenfrühstück zu machen. Also ging ich erstmal ins Bad, ließ Wasser in die Wanne und kippte eine halbe Flasche Badeschaum hinein. Unten plünderte ich die Küche, indem ich alles Essbare auf ein Tablett packte und dies dann hoch ins Badezimmer karrte, wo ich es erstmal auf einen Stuhl stellte, um sicher in die Wanne zu steigen. Erst nahm ich mir die aufgebackenen Semmeln vor, danach folgte ein Schluck Kakao, der Kuchen, die Trauben und ganz zum Schluss die Erdbeeren mit Joghurt. Nachdem ich die letzte Erdbeere in den Joghurt getunkt hatte, stellte ich das Radio an und sang mit vollem Mund zu den verschiedenen Liedern. Um zu schauen wie es draußen aussah, schob ich den Vorhang weg und warf einen Blick raus. Vom Himmel fielen dicke, weiße Schneeflocken, die wie Wattebällchen aussahen. Es war einfach herrlich zu wissen, wie kalt es draußen und wie warm es hier drinnen war. Plötzlich, als ich mich gerade wieder in den Schaum hineingelegt hatte, ging die Tür auf und meine Eltern tanzten mit einer riesigen Geburtstagstorte herein. Die schiefen Töne, die sie sangen, brachten mich zum Lachen. Gleichzeitig schaltete ich das Radio aus. Auf der bunt dekorierten Torte war ein Umschlag, den ich bekam, als meine Eltern ihr Lied beendet hatten.

"Happy Birthday und alles Gute zum 16. Geburtstag!"

"Danke für die schiefen Töne und einen guten Morgen!"

"Hey, du musst dich leider beeilen, zieh dich nicht zu warm an und pack vor allem deine Koffer", meinte mein Vater.

"Was, warum denn?"

"Hier, schau einfach in den Umschlag, da steht alles drin!"

Ich sprang, mir ein Handtuch umwickelnd, aus der Wanne und nahm den Umschlag entgegen. Schnell öffnete ich ihn und las die Karte, die darin war. Mit großen Buchstaben war darauf geschrieben:

"Für unseren Liebling zum Geburtstag.

Wir hoffen, du genießt den Aufenthalt in MIAMI!"

Ich hielt die niedlich gestaltete Karte in Händen und wusste erstmal nicht, was ich sagen sollte, außer:

"Wow, ist das wahr oder träume ich schon wieder?"

"Nein, mach dich endlich fertig, sonst verpasst du noch deinen Flieger und dann musst du träumen! Ach, und hier hast du noch 300,- Dollar drinnen, für nebenbei!"

"Ich weiß nicht was ich sagen soll, ob ich Gott oder euch danken soll!"

"Am besten allen Verwandten!"

Ich küsste meine Eltern ganz fest auf die Backen und rannte dann in mein Zimmer, wo ich alle kurzen und bauchfreien Sachen herausriss. Natürlich auch noch meinen rosa Bikini, ein riesiges Handtuch, Sonnencreme und mein Waschzeug. All das stopfte ich in meinen Metallkoffer und versuchte ihn auch irgendwie zuzubekommen.

"Schaatz, komm, wir müssen gehen!"

"Komm ja schon! Mist, warum geht dieser blöde Koffer nicht zu?"

Vor lauter Hast und Eile sprang ich auf ihn drauf und machte eine riesige Delle rein, aber er war zu.

"Strike, ja geschafft! Na dann los!"

Ich packte noch schnell meine Geldbörse, meinen Fotoapparat, CDs und Batterien in meinen Rucksack. Im Vorbeigehen nahm ich noch das Ticket und das Geld und steckte es in meine Außentasche. Ich eilte die Treppe runter, naja, eigentlich stolperte ich sie runter, aber ich kam heil runter. Draußen ließen meine Eltern bereits den Motor an und als ich einstieg, fuhren wir gleich, mit Fanny im Kofferraum, los. Am Flughafen angekommen, checkte ich ein, aber vorher gab es noch eine riesige Abschiedsszene. Meiner Mutter traten Tränen in die Augen und mein Vater drückte mich so fest an sich, dass ich fast erdrückt wurde.

"Pass auf dich auf und ruf so oft wie möglich an!

"Mach ich, Mam!"

"Ahh, da kommt ja die Stewardess, die dich am Flug betreuen wird. Sie schaut, dass du ins richtige Flugzeug steigst, und begleitet dich auch wieder hinaus. Dort wartet Ferdie, der deinen Begleiter spielen wird", teilte mir mein

Dad noch schnell mit.

"Super organisiert, aber ich gehe jetzt mal, sonst verpasse ich noch wirklich meinen Flug!"

Ich küsste beide noch mal, streichelte Fanny und ging hinter der Stewardess her. Sie half mir mit den Koffern und zeigte mir im Flugzeug meinen Platz. Aufgeregt saß ich im Sitz und schaute mich nicht ganz sicher um. Als wir starteten, stellte sich der Pilot vor und die ganzen Sicherheitsschilder leuchteten auf. Nach ca. zehn Minuten hoben wir ab.

Als wir in der Luft waren, rannte eine Frau auf die Toilette und blieb dort eine lange Zeit, so dass sich ein paar Andere draußen anstellen mussten. Doch eine hagere, bleiche Frau hielt es anscheinend nicht mehr aus und übergab sich auf den Boden des Flugzeuges. Die anderen Passagiere rümpften die Nasen und hielten sie sich angewidert zu. Ich hatte das Glück, dass ich ganz hinten saß, und deshalb anfangs nur kicherte. Als der Gestank jedoch auch zu mir nach hinten kam, was nicht lange dauerte, hörte ich auf zu lachen und kämpfte selber mit der Übelkeit. Die Stewardessen wischten die stinkende Brühe aber schnell weg, woraufhin sie einen Riesenapplaus bekamen. Ein Mann vor mir bestellte gleich am Anfang ein Glas Whiskey, welches er dann mit einem großen Schluck leerte und abermals einen bestellte. So ging das ungefähr eine halbe Stunde, bis ihm die Stewardessen nichts mehr gaben. Neben mir saß eine Frau mit streng zurückgekämmten Haaren, rotem Lippenstift und einem schwarzen Hosenanzug. Auf ihrem Tisch stand ein Laptop und daneben lagen ein Haufen beschrifteter Disketten. Nach zwei Stunden Flug, bemerkte sie, dass ich ihr durch meine Langweile bei der Arbeit zusah. Um das Schweigen zwischen uns zu brechen und um meine Neugier zu stillen, fragte ich sie ganz spontan, was sie für einen Beruf hat.

"Ich bin eine genervte Musikproduzentin!"

"Ach wirklich und von wem?"

"Das geht dich nichts an, ich muss hier mit meinem Computer kämpfen, siehst du das nicht?"

Kurzerhand lehnte ich mich zu ihr rüber, ging in ein Programm rein und lieferte ihr einen Haufen Daten. Erstaunt zog sie eine Augenbraue hoch und schaute mich an.

"Wow, danke, wie hast du das gekonnt?"

"Übung, aber sagen sie, von wem sind sie die Musikproduzentin?"

"Seufz, das sind viel zu viele, aber zum Beispiel von TLC, Backstreetboys, Ricky Martin und, naja, viele mehr!"

"Ri-ricky Martin? Der Ricky Martin?"

"Ja, kennst du ihn? Er ist total nett und wohnt in Miami, ich fahre jetzt gleich zu ihm!"

"Haben sie ein Glück, er ist, naja, war mein Idol und ich habe ihn zutiefst verehrt!"

"Jetzt nicht mehr?"

"Das ist eine viel zu lange Geschichte, die auch nicht besonders lustig ist!"

Das machte ihr nichts aus und so erzählte ich ihr meine ganze Liebesgeschichte, vom Anfang bis zum Ende.

"Naja, und heute habe ich Geburtstag, da habe ich auch diese Reise bekommen, die ich mir schon immer gewünscht habe!"

"Also erstmal Happy Birthday und dann herzliches Beileid zu deinen nicht gerade erfreulichen Erlebnissen!"

"Mein Gott, ich wusste, ich würde ihn nie treffen, und schon gar nicht seine Freundin oder so sein. Er ist ein Star und somit ist er leider auch unerreichbar, damit habe ich mich mittlerweile abgefunden!"

"Ja, das ist leider war, aber sag mal, wie alt bist du denn eigentlich geworden?"

"Sechzehn, dass war glaube ich auch der Grund, warum ich alleine fliegen durfte!"

"Sechzehn ist ein gutes Alter, aber weißt du was ich noch nicht weiß, deinen Namen!"

"Oh, das habe ich ganz vergessen, ich bin Sophie, und sie?"

"Ich bin Monica und du kannst mich duzen, sonst fühle ich mich so alt! Ich würde dir gerne ein kleines Geschenk zum Geburtstag machen!"

"Nein, dass was ich jetzt von ihnen, ähh, ich meine von dir verlangen würde, wäre unverschämt und deshalb sage ich jetzt nichts mehr zum Thema Ricky Martin!"

"Ich weiß genau, was dir schon die ganze Zeit auf der Zunge liegt und was du dir mehr als alles andere wünscht!"

"Ach ja? Was denn?"

"Na was wohl, du würdest gerne durch mich deinen Liebling treffen, stimmt's oder hab ich recht?"

Verlegen schaute ich für einen Moment weg, da ich sehr aufgeregt war, denn wann sitzt man schon neben einer Musikproduzentin von seinem Idol?

"Ja, anfangs, das muss ich zugeben, habe ich das vorgehabt, aber dann habe ich mich so gut mit dir unterhalten und dann wollte ich dich das nicht fragen, weil ich dir nicht das Gefühl geben wollte, dass ich dich ausnütze!"

"Klar, ich würde das natürlich auch fragen und ich kann es mir ja noch überlegen. Ich weiß halt nicht, ob es Ricky recht ist, dass ich dich, als Fremde, mit zur Arbeit nehme!"

"Sicher, war ja nur ein Gedanke von mir, aber bist du jetzt nicht irgendwie sauer auf mich, weil ich würde mich gerne irgendwann noch einmal mit dir unterhalten, das kann man nämlich gut mit dir!"

"Nein, wirklich, ich bin nicht sauer, ich würde es dir schon sagen, du bist mir nämlich total sympathisch, aber etwas arbeiten müsste ich schon noch!"

"Klar, ich schlaf währenddessen ein bisschen, weckst mich halt auf, wenn irgendwas ist, wenn die Maschine abstürzt oder so was!"

"Ja sicher, ich glaub da wachst du aber durch mein Schreien auf!"

Monica widmete sich wieder ihrem Laptop, während ich es mir in meinem Sitz bequem machte. Noch nie war ich so aufgeregt und noch nie war ich so gespannt darauf, was mir ein Mensch für eine Antwort geben würde. Trotzdem konnte ich ein wenig schlafen und gerade als ich ganz fest eingeschlummert war, stupste mich Monica an der Schulter an.

"Mmhh, was, sind wir schon abgestürzt oder gibt's Essen?"

"Weder noch, ich will dich fragen, ob du Englisch kannst!"

"Schulenglisch halt, aber nicht schlecht, ist das alles, kann ich wieder weiterschlafen?"

"Nein, das ist nicht alles, ich telefoniere nämlich gerade mit Ricky Martin und er möchte dich sprechen!"

Plötzlich war ich hellwach und schaute Monica, die mir mittlerweile schon den Hörer in die Hand gedrückt hatte, überrascht an. Am anderen Ende meldete sich Ricky mit einem freundlichen: "Hallo!?"

Ich antwortete ihm englisch, wenn auch noch etwas unsicher.

"Ähh, hi, ich weiß jetzt nicht, was ich sagen soll, aber erst mal, wie geht's?"

"Ach, mir geht es eigentlich ganz gut und ich hoffe dir auch!"

"Sicher, wenn ich daran denke, dass ich mit dir rede, dann

geht es doch glaube ich jedem etwas besser oder?"

"Danke! Du heißt Sophie nicht wahr? Woher kommst du denn und wie alt bist du?"

"Ja, ich heiße Sophie, bin aus Deutschland und deutlich jünger als du, genaueres sage ich aber nicht!"

"So jung?

"Nein, ich bleib dabei, mehr sag ich nicht!"

"Ok, dann finde ich es eben heraus, wenn du mich in meinem Haus besuchst, außer du willst nicht kommen!"

"Ist das ein Witz? Das wäre das schönste Geburtstagsgeschenk der Welt!"

"Wieso Geburtstagsgeschenk?"

"Naja, ich habe heute meinen Birthday, deswegen kann ich wahrscheinlich auch gerade mit dir reden!"

"Dann wären wir wieder bei dem Thema Alter. Also kommst du dann mit Monica zu mir?"

Statt einer Antwort, die aus Worten bestanden hätte, stieß ich einen lauten Freudenschrei aus, woraufhin alle Blicke auf mich gerichtet waren, was mich aber nicht störte.

"Wow, das ist doch jetzt nicht dein Ernst, ich darf dich besuchen? Ich werde euch auch sicher nicht stören!"

"Da bin ich mir sicher! Also dann, bis in ein paar Stunden!"

"Ähh, ja tschau, bis dann!"

Ich legte auf, atmete erst einmal tief durch, beugte mich dann zu Monica hin und küsste sie links und rechts.

"Vielen Dank, das werde ich dir nie vergessen, wie kann ich dir jemals dafür danken?"

"Das brauchst du nicht, Happy Birthday und auf eine gute Freundschaft!"

"Wow, ich kann es nicht fassen, war das wirklich Ricky?"

"Ja was denkst du denn? Ich habe nur ein Bitte, falle dort nicht in Ohnmacht!"

"Nein, dann krieg ich ja nichts mit, ich will ihn doch sehen, schlafen kann ich auch hier!"

"Dann ist es ja gut, ich wollte dich nur noch mal erinnern!"

Der restliche Flug schien endlos lange, genau noch fünf Stunden, aber wenn man weiß, dass man bald Ricky Martin treffen wird, ist jede Minute eine Qual! Dauernd schaute ich auf meine Armbanduhr und dachte nur noch an das Treffen und natürlich, wie mein Idol wohl ist. Am Telefon war er mehr als freundlich, aber nicht übertrieben. Vielleicht war es auch einfach seine freundliche Stimme, die mich verzauberte und nun nicht mehr losließ.

"Ach Monica, hast du bereits ein Auto gemietet?"

"Wieso denn?"

"Na, weil mich eigentlich ein Freund am Flughafen abholen sollte, aber jetzt fahre ich ja mit dir mit!"

"Wer sagt denn, dass ich ein Auto habe?"

"Ach, also hast du noch keine Mitfahrmöglichkeit, dann könnte er uns ja zu Ricky fahren!"

"Ja, das wäre super, dann müsste ich nicht extra ein Taxi rufen!"

"Ok, dann fährt uns Ferdie, also so heißt der beste Freund von meinen Eltern, der uns abholt.

"Du bist total aufgeregt, stimmt's?"

"Ja klar, ich bin halt total froh, dass ich die Chance habe ihn zu sehen, aber ich bin auch total froh, dich getroffen zu haben. Nicht nur wegen dem verschafften Treffen, du bist wirklich total nett und ich würde gerne mal wieder mit dir zusammen sein!"

"Ja klar, wenn ich mal in deiner Nähe bin und Zeit habe, dann treffen wir uns und unternehmen etwas zusammen!"

"Das würde mich echt freuen! Aber weißt du, was mich noch interessieren würde, wie findest du eigentlich Ricky?"

"Er ist ein sehr netter Kerl, der seine Gefühle zu schätzen weiß und sie deshalb oft verbirgt! Doch durch seine Gefühle ist seine ganze Musik entstanden, die nur aus seinen Empfindungen dem Leben gegenüber besteht! Von seiner Persönlichkeit und von seinem Auftreten bin ich begeistert! Dich brauch ich ja nicht zu fragen ob du ihn liebst, oder?"

"Naja, ich weiß eigentlich gar nicht mehr, was ich für ihn empfinde, im Moment habe ich sogar ein bisschen Angst vor meinen Gefühlen und vor dem, was ich bald erleben werde. Aber ich denke wenn ich nichts mehr für ihn empfinden würde, wäre ich nicht so aufgeregt und hätte keine Angst ihn endlich zu treffen!"

"Eine Frage, warum hast du Angst?"

"Also, er war immer unerreichbar und ich konnte mir immer nur in meinen Träumen ein Treffen mit ihm vorstellen, oder sogar eine Liebe. Und jetzt treffe ich ihn persönlich und vor allem das Ungewisse über die bevorstehende Zukunft macht mich fast verrückt!"

"Du bist wahrscheinlich nur aufgeregt, weil du bald deinen Herzensbrecher hautnah erleben wirst! Aber das hast du dir wirklich verdient, bei deiner Vergangenheit!"

"Ich bin froh, dass das alles vorbei ist, aber vielleicht war das erst der Anfang!"

"Eines steht aber fest, du lässt einen wirklich nachdenken, so wie du alles erzählst und schilderst, denke ich, es selber erlebt zu haben!"

"Meinst du? Eigentlich spreche ich nur mit dem Herzen!"

"Auf jeden Fall, seitdem ich dich jetzt kenne, bringst du mich zum Nachdenken und lässt mich schätzen, was ich bis jetzt erreicht habe! Sonst habe ich diesen Job immer als Pflicht gesehen, aber jetzt weiß ich, dass ich richtiges Glück habe, mit Stars arbeiten zu dürfen. Das ist mir vorher bei dem ganzen Stress immer entgangen!"

"Das hast du dir selbst zu verdanken, aber ich bin froh das ich dir ein anderes Denken näher bringen konnte!"

"Irgendwie sprichst du total erwachsen. Das, was du mir den ganzen Flug über gesagt hast, hat mich teilweise echt berührt. Wie du alles aus deiner Sicht über deine Lage erzählst, in der du dich befunden hast, finde ich einfach erstens mutig und zweitens kann das nicht jeder!"

"Danke für die Komplimente, aber das mache ich ganz unbewusst, das ist einfach meine Art, mit der nicht jeder zurechtkommt!"

"Also, ich finde das total gut! Aber was mich für dich freut ist, dass jetzt wieder ein neuer Lebensabschnitt für dich beginnt und dass du deine Vergangenheit vergessen kannst!"

"Nicht ganz, denn ich kann sie verdrängen, aber die Vorfälle und die Traurigkeit werden immer in meinem Herzen Narben hinterlassen. Und diese Narben werden meine Gedanken mit diesen Vorfällen ausfüllen, aber sie werden mir auch helfen, mit der Gegenwart besser fertig zu werden und aus meinen Fehlern zu lernen! Also, warum soll ich das Geschehene vergessen, es ist ein Teil meines Lebens, ein Fehler, den ich gemacht habe, doch ich glaube, dass dies der wichtigste Fehler in meinem Leben war! Andererseits war es teilweise auch meine schönste Zeit, die ich nicht missen möchte!"

Monica schaute etwas irritiert und versuchte meine Worte zu verstehen.

"Was ich damit sagen will ist, man sollte nie etwas vergessen, das passiert irgendwann von ganz alleine. Sei lieber dankbar, dass du aus diesen Fehlern lernen darfst!"

"Schon klar, irgendwie, aber froh bin ich schon, dass ich das nicht mitmachen musste!"

"Auch du hast bestimmt etwas Schlimmes durchgemacht, das denke ich, hat jeder schon mal. Aber ich gebe dir recht, wünschen tue ich es niemandem, jedoch habe ich dadurch meine Gefühle auszudrücken gelernt und auch mein Leben anzunehmen, denn ich kann es nicht steuern, ich muss es nehmen wie es ist!"

"Nein, das musst du nicht, so zu sein wie die Anderen ist leicht, du musst dich nur deinem Schicksal ergeben, aber wenn du anders sein willst, musst du dafür kämpfen!"

"Bin ich wirklich wie die Anderen? Wer ist schon wie die Anderen, niemand ist gleich, man kann nicht sagen, dass jemand ein normales Leben führt, denn jeder hat seinen eigenen Lebensstil und fasst das Leben ganz anders auf! Und was verstehst du eigentlich unter den "Anderen" und normal?"

"In dem Zusammenhang verstehe ich unter "Anderen" die Menschen, die ein Leben führen, eben ohne Höhen und Tiefen, sondern immer gleich, und die sich an ihre Umgebung anpassen. Die nichts Eigenes tun, sondern alles annehmen!"

"Ich will dir jetzt nicht deine eigene Meinung nehmen, aber ich denke, dass jeder Höhen und Tiefen hat, die aber nicht so gezeigt werden, denn es muss ja nicht jeder mitkriegen, und ich denke, dass dies Stars manchmal gerne hätten. Nämlich ihre Privatsphäre, wo sie mit ihren Gefühlen fertig werden können, ohne dass jedes einzelne Worte morgen in der Zeitung steht!"

"Du weißt auf alles eine überzeugende Antwort und bist so redegewandt, dass man sich nicht bedrängt fühlt, Wahnsinn!"

"Jetzt hör aber auf, ich fühle mich ja schon wie ein Phänomen!"

"Ach Quatsch, aber ich glaube du und Ricky, ihr werdet euch sehr gut verstehen!"

"Das glaube ich auch, ich halte es schon fast nicht mehr aus!"

Wir redeten und redeten, den ganzen restlichen Flug über. Endlich, nach weiteren Stunden, die langersehnte Durchsage der Crew und die aufblinkenden Sicherheitssignale, die darauf hinwiesen, die Gurte anzulegen und die Tische hochzuklappen.

"Könnten sie bitte ihren Gurt anlegen und vor allem den Computer ausschalten, wir landen gleich", sagte eine Stewardess zu Monica.

Auf die Aufforderung hin, packte sie ihren Laptop weg und klappte ihren Tisch hoch. Das Fernsehprogramm wurde abgestellt, nur der elektronische Flugplan wurde noch gezeigt. Vor dem endgültigen Landen, machte der Pilot noch eine Durchsage und wies uns darauf hin, dass wir jetzt Miami sehen würden. Nach dem Landen, nahm das Flugzeug wenig später seinen Abstellplatz ein und die Türen wurden geöffnet. Etwas steif vom langen Sitzen, standen wir auf, holten unsere Sachen aus den Fächern und stiegen mit all den anderen aus. Nach langem Gehen kamen wir an verschiedenen Schaltern an, wo wir das Einreiseformular ausfüllten. Anschließend gingen wir dann weiter, um unsere Koffer zu holen, die wir nach etwas Warten dann auch bekamen. Als wir auch das geschafft hatten, suchten wir den Ausgang, wo ich nach dem Gesicht von Ferdie suchte.

"Wie sieht dein Freund eigentlich aus", fragte mich Monica.

"Er hat lange, blonde Dreadlocks, ist braungebrannt und trägt meistens ein weißes T-shirt mit Shorts!"

"Ist er vielleicht das?"

"Ja, das ist er, aber bevor er uns sieht, ein paar Tipps, was du nie in seiner Gegenwart machen darfst: Also, zu deiner eigenen Sicherheit, rede niemals vom Surfen und schon gar nicht, dass du es lernen willst, denn entweder fordert er dich dann heraus, oder er will es dir dann beibringen!"

"Ok, danke für den Hinweis! Schau, ich glaube, er hat uns gesehen!"

Wir gingen ihm entgegen und ich umarmte ihn herzlich.

"Hey Ferdie, lange nicht gesehen, give me 5!"

Wir schlugen uns in die Hände und neckten uns gegenseitig mit leichten Fauststößen. Doch irgendwie war er anders, verändert, irgendwie schüchtern. Er begrüßte mich nicht mehr so stürmisch wie er es früher immer getan hatte. Darauf hatte ich mich immer so gefreut, wie ich ihn besucht hatte. Aber wahrscheinlich war ihm der Vorfall von Weihnachten immer noch peinlich. Deshalb flüsterte ich ihm auch etwas aufmunterndes ins Ohr, was ihn das alles vergessen lassen sollte.

"Hey, das braucht dir nicht mehr unangenehm zu sein, vergessen wir's einfach, ok?"

"Wenn das für dich in Ordnung ist", erwiderte Ferdie mit schüchternem Blick.

"Sonst würde ich es ja nicht vorschlagen! Ach, ich möchte dir noch jemanden vorstellen! Ferdie, das ist Monica, Monica, das ist Ferdie!"

"Wow, woher kennst du denn diese reizende junge Dame?"

Er reichte Monica die Hand, doch sie sagte nur: "Ist das in Miami eine wirksame Anmache?"

"Naja, eigentlich schon", sagte Ferdie, die Hand wieder wegziehend.

"Fährst du auch mit, Monica?"

Ohne eine Antwort abzuwarten, nahm er knallrot im Gesicht, unsere Sachen und brachte sie zu seinem weißen, offenen Jeep. Monica setzte sich schon vorne ins Auto, während Ferdie und ich noch alles verstauten. Als sich Ferdie anscheinend vergewissert hatte, dass Monica nichts hörte, stupste er mich an und flüsterte mir zu: "Ist die immer so zickig?"

"Sie mag so eine Anmache anscheinend nicht, ich kenne sie auch erst seit dem Flug, deshalb kann ich es nicht so genau sagen!"

Mit diesen Worten sprang ich auf den Rücksitz. Monica hatte das Radio aufgedreht und sang leise den Text dazu mit. Als sich Ferdie hinter das Lenkrad setzte, machte er es jedoch gleich wieder leiser.

"Also, wo soll's hingehen?"

"Zu Ricky Martins Haus", antwortete ich ihm schnell.

"Achtung, der Suchgenerator Ferdie bittet die Gäste um genauere Angaben!"

"Oh, tut mir leid, Knopfnase! Also, geradeaus zum Strand hin", kommandierte ihn Monica nun weiter.

Daraufhin ließ Ferdie den Motor an und raste mit uns davon. Nach kurzer Fahrt sagte Monica: "Jetzt rechts und da vorne links!"

"Wird gemacht! Und jetzt?"

"Da rein und zu diesem Haus da vorne!"

"Zu diesem Haus? Bist du ganz sicher?"

"Ja, ich bin doch nicht blöd", erwiderte ihm Monica.

"Blöd nicht, aber zickig!"

"Mann, jetzt hör halt endlich auf und fahr zu diesem Haus hin", was anderes wusste ich zu diesem Gezanke nicht zu sagen.

"Warum bist du heute so motzig", meinte Ferdie gleich beleidigt.

"Warum bist du heute so verletzlich? Sonst bist du doch

auch nicht so reizbar!"

Monica hustete leise und tippte Ferdie auf die Schulter.

"Ich will euch ja nicht stören, aber wir sind gerade vorbeigefahren!"

Ferdie stieg genervt auf die Bremse und legte den Rückwärtsgang ein.

"Stop, hier ist es!"

Nachdem Ferdie wieder eine Vollbremsung hingelegt hatte, drehte er sich zu mir nach hinten.

"So, jetzt habe ich euren Chauffeur gespielt und jetzt springt ihr raus und nehmt eure Sachen mit!"

"Wir sind ja schon weg!"

Ich stieg aus und packte schnell unsere Sachen. Bevor jedoch Monica den Wagen verließ, beugte sie sich zu Ferdie rüber und drückte ihm einen dicken Kuss auf die Wange.

"Du bist wirklich süß, wenn du dich aufregst!"

Total überrascht warf er Monica ebenfalls einen Kuss zu und fuhr davon.

"Danke, du hast seinen Tag gerettet", sagte ich zu Monica, als wir draußen vor der Gartentür standen.

"Schon gut, aber sag, was hatte er heute eigentlich, du hast doch gesagt, er sei fast immer lustig drauf!"

"Naja, eben nur fast! Wahrscheinlich wieder eine verflossene Liebe oder so!"

"Wenn's nichts Schlimmeres ist, aber das vorhin habe ich ernst gemeint, ich finde ihn echt süß!"

"Na gut, warum nicht? Für mich ist er zu alt, aber ihr habt euch doch gleich, naja, eher am Schluss, gut verstanden!"

"Das ist doch nicht dein Ernst, ein Surfer und eine Musikproduzentin?!"

"Du musst ihn erst besser kennenlernen und wenn du das gemacht hast, frag ich dich noch einmal!"

Die Stirn runzelnd drückte sie auf die Türklingel, doch statt einem Läuten, hörte man das Lied "Livin' la vida loca". Monica und ich fingen sofort an, die Hüften zu schwingen und wie wild zu tanzen, dabei bemerkten wir nicht das Ricky bereits an der Gartentür stand und mit einem breiten Grinsen unserem Tanz zusah. Wie wir aber sein immer lauter werdendes Lachen hörten, blieben wir blitzartig ganz still stehen und richteten unsere Klamotten. Als sich dann schließlich auch Ricky wieder vom Lachen erholt hatte, bat er uns herein und begrüßte Monica mit mehreren Küsschen. Mit jedem weiteren Moment stieg immer mehr die Aufregung in mir und ich wusste nicht, was ich dagegen machen sollte. Endlich konnte ich ihn so nah wie niemals zuvor sehen und auch den Glanz in seinen Augen. Die Freude in seinen Mundwinkeln und die Kraft in seinem ganzen Körper. Es war einfach unbeschreiblich, diesen Mann vor sich stehen zu haben, ihn hautnah erleben zu können. Ich konnte es nicht fassen, dass mein Traum in Erfüllung ging, ein Traum, der viele Fans im Schlaf berührt. Und mein größter Wunsch wurde war, mehr als ich mir jemals erträumt hätte.

Doch als Ricky mir zur Begrüßung die Hand reichte und mir tief in die Augen schaute, verflog meine ganze Aufregung. So als ob sie nie da gewesen wäre, als ob sie gar nicht hier herpassen würde.

"Hey, du musst Sophie sein, oder?"

"Ja, die bin ich!"

Lächelnd nahm er mich an der Hand und zeigte Monica und mir sein riesiges Anwesen. Sein Haus war ganz weiß, nicht nur außen, sondern auch die Möbel waren entweder mit weißen Stoffen überzogen oder, wie die Tische und Stühle, weiß angestrichen. Vor der Villa, die fast ganz von Glas beherrscht wurde, befand sich noch ein riesiger Pool. Ricky, inmitten seines prachtvollen Anwesens, war wirklich eine Belohnung für die Augen. Ich wusste nicht, über was ich mehr staunen sollte, über das tolle Grundstück oder über die Tatsache, dass mich Ricky Martin, der Mädchenschwarm schlechthin, in sein Haus bat.

"Magst du das hier", dies war der Satz, der mich wieder aus meiner Glanzwelt herausholte, doch das Erwachen war genauso schön. Langsam und total glücklich antwortete ich ihm.

"Superschön, so offen und vor allem das Weiß gefällt mir total gut zu dem Pool und zum Garten!"

"Vielen Dank, aber ich möchte dir noch jemanden vorstellen!"

Ricky pfiff laut durch die Finger und rief die Namen Icaro, Titan. Kurze Zeit später kamen seine beiden Hunde, ein Golden Retriever und ein Chihuahua um die Ecke geschossen. Ich kniete mich hin, streckte meine Arme aus und ließ die beiden an mir hochspringen, doch bevor sie mich ablecken konnten, richtete ich mich schnell auf.

"Ich glaube, sie riechen meinen Hund!"

"Du hast auch einen Hund", fragte mich Ricky lächelnd.

"Ja, sie ist ein Weibchen und heißt Fanny. Ich vermisse sie irgendwie jetzt schon, aber so lange bleibe ich ja nicht weg!"

"Eine Woche, oder?"

"Ja, ein Woche Spaß, Sonne, Strand und ein faszinierendes Treffen mit dir", antwortete ich Ricky.

"Genau, da hätte ich gleich mal eine Frage an dich, du bist doch ein Fan von mir, oder?"

"Denke ich, ja auf jeden Fall, aber warum fragst du?"

"Naja, ich würde gerne wissen, warum lieben mich soo viele?"

Erst machte ich eine etwas ratlose Miene, antwortete ihm dann aber mit einem breiten Grinsen im Gesicht.

"Du bist lustig, fragt er mich doch glatt, warum ich ihn so mag, dass weißt du wahrscheinlich sowieso, aber ich sage es dir trotzdem. Manche lieben dich wegen deinem Aussehen und manche wegen deines Hüftschwungs! Ich liebe an dir alles, am meisten deine Musik, die berührt mich wirklich, aber nicht, dass du jetzt denkst, ich finde dich nicht schön, ganz im Gegenteil, das kommt gleich nach der Musik!"

Im selben Moment, wurde seine neueste CD eingelegt und relativ laut aufgedreht. Monica kam tanzend aus der Tür und steckte uns beide damit an, so dass mich Ricky bei den Händen nahm und mit mir durch den Garten tanzte. Wir drehten uns und kamen uns dabei auch ungewollt, aber zu meiner Freude, näher. Wir schauten uns tief in die Augen und da wurde mir erst bewusst, was ich hier erlebte, so wirklich bewusst. So, um darüber nachdenken zu können, ohne zu glauben, dass ich träume. Denn Ricky hatte mich wie jemanden, den er schon lange kannte, begrüßt und benahm sich mir gegenüber auch ganz natürlich. Nicht irgendwie hochnäsig, er war ganz normal und locker.

Schon wie ich das erste Mal in seine Augen gesehen hatte, war für mich alles klar. Von diesem Menschen wollte ich was lernen, von ihm wollte ich meine Zukunft beherrschen lassen. Und er sollte derjenige sein, der mich wirklich versteht, der aber auch mich etwas verstehen lässt und mir etwas beibringt. Der mir sein Leben lehrt und der mir seine Erfahrungen anvertraut.

Als wir so ziemlich durch den ganzen Garten getanzt waren und schließlich am Swimming-pool ankamen, hob er mich hoch und hielt mich mit seinen kräftigen Armen über das Wasser.

"Das würdest du nicht wagen!"

"Bist du sicher? Du hast mich verrückt gemacht, ich kann nicht mehr klar denken!"

"Was?"

Um einer Antwort aus dem Wege zu gehen, ließ mich Ricky mit einem Augenzwinkern wirklich ins Wasser fallen, samt Klamotten. Was er jedoch nicht wusste, war, dass ich eine super Schwimmerin bin und deshalb die Luft sehr lange anhalten kann. Gleich nachdem ich ins Wasser gefallen war, schwamm ich an den Beckenrand und versuchte mich dort zu verstecken. Ricky beugte sich aus Sorge, weil ich nicht mehr auftauchte, über den Beckenrand und fiel somit auf meinen Trick rein. Blitzschnell schoss ich aus dem Wasser, packte ihn am Shirt und zog ihn mit mir in den Pool. Wenig später tauchte er wieder auf, fuhr sich durch die Haare und schwamm zur Treppe, wo er dann herausstieg. Ich verließ ebenfalls das kühle Nass und versuchte, irgendwie meine Klamotten auszuquetschen.

Monica saß, eine Sonnenbrille aufgesetzt, im Liegestuhl und lachte sich einen über uns ab.

"Ihr schaut aus wie begossene Pudel, aber hübsche Pudel!"

"Das war echt ein super Trick", meinte Ricky.

"Danke, irgendwie musste ich es dir ja gleichtun!"

"Brauchst du neue Klamotten?"

"Wäre nicht schlecht, ich habe meinen Koffer! Wo kann ich mich denn umziehen?"

"Warte, ich zeige es dir, soll ich ihn tragen?"

"Nein danke, er ist nicht besonders schwer!"

Ricky zeigte mir das Badezimmer und gab mir noch ein Handtuch zum abtrocknen. Monica kam hinter uns her und sagte, dass Ricky und sie arbeiten müssten.

"Ja klar, deswegen bist du ja hergeflogen, lasst euch durch

mich nicht weiter stören, ich lege mich ein bisschen in die Sonne!"

Im Bad zog ich erstmal die nassen Klamotten aus, trocknete mich dann ab und zog meinen etwas knappen Bikini an. Nach etwas Herumstöbern, packte ich meine Sachen zusammen und verließ damit Rickys Badezimmer. Davor stand Monica mit meinem heimlichen Geliebten und diskutierte mit ihm, leider auf Spanisch, über irgendetwas.

"Ähhm, ich gehe raus und warte bis ihr fertig seid, ach, und seid nicht zu schnell!"

Ich grinste beide an und wollte mich zum Pool verdrücken, da bemerkte ich aber den musternden Blick von Monica. Sie schaute mich mit recht großen Augen an und verschwand ins Büro, wo sie schon ein paar Akten herauskramte. Bevor auch Ricky ins Büro ging um seine Arbeit zu verrichten, flüsterte er mir noch etwas zu: "Weißt du eigentlich, dass du total süß und sexy bist?"

Ich schaute ihn ungläubig an und klopfte ihm dann, beim Hinausgehen, freundschaftlich auf die Schulter.

"Du bist echt witzig!"

Falls er dieses Kompliment aber ernst meinte, hatte ich echt einen deftigen Grund, mich zu freuen!

Draußen im Garten legte ich mich auf eine Liege und ließ die Sonne auf mich scheinen. Nach zehn Minuten jedoch, standen mir die Schweißperlen auf der Stirn und ich hatte das Gefühl zu schmelzen.

"So, schöner, hoffentlich noch immer kühler Pool, ich komme!"

Ich stand auf, trat an den Beckenrand und machte einen perfekten Kopfsprung. Unter der glatten Oberfläche schwamm ich am Boden entlang und glitt durch das weiche Wasser, welches mich endlich abkühlte. Beim Auftauchen atmete ich aus und eine ganze Schar von Luftblasen segelte nach oben. Nachdem auch die Letzte dort angekommen war, tauchte auch ich auf und schleuderte meine Haare nach hinten. Um die Frische noch etwas auszunutzen, kraulte ich eine zeitlang durch das Becken und konnte somit meine Technik wieder verbessern.

Ja, ich genoss es, aber irgendwie war ich mir der Situation nicht ganz klar, denn ich war so selbstverständlich in diesem Pool, so als ob er einem Freund gehören würde, doch das Irre war, dies gehörte alles Ricky Martin, meinem Idol, der nicht ganz uninteressiert an mir schien. Dabei war ich im Flugzeug so aufgeregt und gespannt auf das Treffen mit dem Mann, dem ich diese Selbstverständlichkeit verdankte. Aber wahrscheinlich gab er mir eine Festigkeit, indem er so freundlich und einladend war. Ich stieg aus dem Pool, trocknete mich ab und schmierte mich mit Sonnencreme ein.

Da ich einen höllischen Durst hatte, beschloss ich die Küche zu suchen und mir dort etwas zu Trinken zu holen. Ricky hatte uns am Anfang schon zum Teil sein Haus gezeigt, deshalb wusste ich auch wo sich die Küche befand. Dort nahm ich zwei Gläser aus dem Schrank, füllte Mineralwasser hinein und ging damit zum Arbeitszimmer. Als ich in die Tür trat, schaute mich Monica mit einem erleichterten Blick an.

"Das ist aber nett von dir, dass du uns Wasser bringst!"

Nun drehte sich auch Ricky um und nahm dankend das Glas an. Dann erlöste ich auch Monica von ihrem Durst und stellte ihr das Glas neben den bereits durchgearbeiteten Textstapel.

"Was macht ihr denn da so fleißig?"

"Wir organisieren ein Konzert!"

"Wo ist denn das Konzert, wenn ich fragen darf?"

"Hier in Miami, leider erst in zwei Wochen, da bist du nicht mehr da, aber ich verspreche dir, mal nach Deutschland zu kommen", sagte Ricky.

"Brauchst du nicht, ich werde es schon mal schaffen und dich live sehen!"

"Da bin ich mir sicher!"

"Ja, ich mir auch, aber jetzt stör ich nicht weiter, sondern lasse euch wieder organisieren!"

Monica nickte und schlug Ricky etwas vor, woraufhin er energisch mit dem Kopf schüttelnd seinen Finger auf eine gelbmarkierte Textzeile legte.

Ich ging, mit den diskutierenden Stimmen im Rücken, wieder in die Küche und nahm mir dort einen Apfel, der zwischen vielen anderen Obstsorten im Korb lag. In der Ecke lagen zwei leere Zettel, auf die ich mit dem daneben liegenden Stift meine Emotionen niederschrieb. Was ich bei dem Treffen gefühlt hatte und was ich denke, wenn ich ihn sehe. Es sprudelte nur so aus mir heraus und als ich fertig war, hatte ich beide Zettel mit kleinster Kleinstschrift vollgekritzelt, sogar auf Englisch. Am Schluss ergänzte ich noch etwas und besserte ein paar Worte aus. Ich legte den Stift weg und schaute dann an mir runter. Dabei merkte ich erst jetzt, dass ich mit meinem noch feuchten Bikini in der Küche saß und ein Liebesgedicht schrieb. Lachend über mich selbst, ließ ich das Gedicht liegen und ging raus, um mich wieder aufzuwärmen. An der Tür drehte ich mich noch einmal um und schaute die verschiedenen, goldenen Platten, die in Glasbehältern an der Wand hingen, an.

"Mann, der hat vielleicht eine Menge Preise abgesahnt!"

Sie waren wie eine goldene Tapete, die den ganzen Flur schmückte.

Nach langem Betrachten, ging ich dann aber endgültig raus,

um wieder die Wärme spüren zu können. Icaro und Titan begrüßten mich gleich, warfen mir einen Ball vor die Füße und tobten mit mir durch den Garten. Völlig aus der Puste setzte ich mich dann mit ihnen in die Wiese und kraulte sie. Unsere Stille wurde jedoch unterbrochen, als ich einen kühlen Hauch wahrnahm. Ich drehte mich um und blickte in das Gesicht von Ricky, der mir, um mich zu ärgern, auf die Schulter blies.

"Dieses Gedicht habe ich in der Küche gefunden, hast du das für deinen Freund geschrieben?"

"Nein, ich habe keinen Freund, ich schenke es dir. Mir war einfach danach, meine Gefühle niederzuschreiben!"

"Ich kann das doch nicht lesen, das ist doch viel zu persönlich!"

"Ne ne, ist schon ok, du kannst es haben! Dann erinnerst du dich immer an mich!"

"Das werde ich auch so, aber vielen Dank! Sag, willst du mit mir die Stadt unsicher machen?"

"Ja klar, aber will Monica nicht mit?"

"Sie schläft ein bisschen, da sie sehr müde ist!"

"Dann pass mal auf, ich habe nämlich sehr viel Energie, die ich auch benutzen werde!"

"Das werden wir gleich ausprobieren, es gibt hier super Shoppingmöglichkeiten!"

Er nahm mich bei der Hand und ging mit mir zu seinem Auto, mit dem wir in Richtung Stadt fuhren. Meine Haare wehten im Fahrtwind, ich fühlte mich so frei wie ein Vogel. Auch Ricky freute sich mit mir und genoss das wunderschöne Wetter, das zu dieser Zeit eher selten wirklich gut war. Sein Hemd flatterte im Fahrtwind und seine Brille blitzte in der Sonne. Locker hielt er das Lenkrad in der rechten Hand und mit dem linken Ellbogen lehnte er an die Türinnenseite. Es war fast kein Verkehr, so hatten wir freie Fahrt und konnten cool durch die Stadt cruisen.

"Wo willst du denn überall hin?"

"Da befinden sich dreihundert Dollar in meiner Geldbörse, die ausgegeben werden wollen, und du musst mir helfen die richtigen Sachen dafür zu finden!"

"Gerne, aber nachher gehen wir in einen Club und feiern deinen Geburtstag mit Abtanzen!"

"Glaubst du, da komme ich schon rein, heute bin ich erst sechzehn geworden!"

"Was, du bist erst sechzehn, du schaust schon aus wie zwanzig! Ich hätte alles verwettet, dass du mindestens volljährig bist! Aber auch das macht nichts, ich kenne den Clubbesitzer, der lässt uns sicher rein!"

Ich zwinkerte ihm frech zu, sah mich dann aber gleich wieder um, denn es gab so viel Aufregendes zu erblicken, vor allem Wolkenkratzer und total schräge Typen. Selbst die Männer waren nur leicht bekleidet, geschweige denn die Frauen. Die Art gefiel mir und deshalb kaufte ich auch so ein. Nachdem wir einen Parkplatz gefunden hatten, shoppten wir durch die halbe Stadt und gingen von einem Geschäft zum anderen. Ricky empfahl mir Läden und sagte mir, was ihm gefiel und was eher nicht so.

"Was denkst du über das?"

"Super, das finde ich echt spitze!"

Ich betrachtete mich gerade in einem langen, schwarzen Kleid, mit einem Seitenschlitz, der erst am Oberschenkel endete. Es hatte außerdem noch einen tiefen Ausschnitt und war am Rücken offen. Immer wieder drehte ich mich vor dem großen Spiegel herum, denn das gute Stück kostete die Hälfte meines ganzen Geldes. Aber ich wollte mir einmal etwas teures, außergewöhnliches gönnen, denn es war ein

Einzelstück, das es nirgendwo wieder geben würde! Nicht, dass ich angeben wollte, aber hier entstanden die Trends, die erst in einem Jahr nach Deutschland kommen würden. Und wenn es hier in Miami schon wieder out ist, ist es bei uns gerade erst in. Doch trotzdem hatte fast jeder seinen eigenen Stil, es waren nur so kleine Dinge, die auf den Trend hinweisen, vielleicht nur eine Kette oder sogar nur ein Besuch in den angesagtesten Läden. Es gab hier nur eine Regel, die ein trendiger Mensch einhalten sollte: Sexy, luftig und vor allem eng mussten die Sachen sein. Kurzgesagt, so wenig wie möglich, man sagt doch, weniger ist mehr!

Dieser Regel kam ich gerne entgegen, denn hässlich war ich nicht gerade und ich konnte meine langen Beine ruhig ein bisschen herzeigen! Vollgepackt mit Tüten, gingen wir in das letzte Geschäft hinein. Es war ein Schmuckgeschäft, das jede Art von Schmuck verkaufte. Ricky hatte beschlossen, dass er mir etwas als Glücksbringer, Erinnerungsstück und aus einem anderen Grund, schenken wollte. Als wir wieder aus der Tür herausgingen, trug ich ein silbernes Kettchen um das Handgelenk, wo unsere beiden Namen eingraviert waren und drum herum ein Herz gezogen war.

Die vielen Tüten schleppend, gingen wir die Straße entlang zu dem Auto, vorbei an den ganzen Läden, die wir zuvor schon besucht hatten.

"Könnten wir noch kurz zum Strand gehen", fragte ich am Auto.

"Natürlich, das Meer ist aber nicht sehr warm!"

"Macht nichts, ich will nur den Sand fühlen!"

Wir überquerten die Straße und gingen zum Strand. Das Wasser glitzerte und funkelte in der untergehenden Sonne. Kurz vor dem noch warmen Sand, sprang ich in die Luft und landete auf den Knien darin. Ich nahm ihn in die Hand und ließ ihn wie bei einer Sanduhr durchrieseln. Ricky schlenderte zu mir und setzte sich neben mich. Lächelnd glättete er eine Fläche und malte ein Smilegesicht. Ich machte es ihm nach, nur, dass ich statt einem lachenden Gesicht ein Herz hineinmalte. Ricky zeichnete noch einen Pfeil durch, ging dann zusammen mit mir zum Meeresrand, wo er sein Hemd und Schuhe auszog und ins Wasser hineinrannte. Ich folgte ihm, ebenfalls mit ausgezogenen Schuhen ins Meer, wo wir ausgelassen herumtobten. Als Ricky neben mir aus dem Salzwasser auftauchte, umarmte er mich und küsste mich plötzlich auf die Lippen. Total überrascht wich ich zurück, ließ mich aber gleich wieder in seine Arme sinken und küsste ihn ebenfalls. Ich schaute ihn an und streichelte ihm über das nach Salz schmeckende Gesicht. Der Himmel sah mit seinen verschiedenen Rottönen so aus, als ob er brennen würde. Die Sonne ließ ihr Bild im Wasser spiegeln und tauchte das Meer in ein feuriges Orange.

Es war so schön, dass es fast schon kitschig schien, aber wen stört das schon, wenn man so einen tollen Mann in dieser wahnsinnigen Stimmung küssen darf! Ich glaube, dass wäre jedem anderen genauso egal gewesen wir mir in diesem Moment, denn für mich zählte jetzt nur noch eines, Ricky! Ich liebte ihn aus ganzem Herzen, das wusste ich jetzt, und ich wünschte mir, dass diese Momente für immer bleiben würden. Leider konnten wir die Zeit nicht anhalten, aber wir konnten sie genießen und vor allem leben und das taten wir.

Gefühle, Tränen und Emotionen

Nachdem die Sonne untergegangen war, schwammen wir wieder zum Ufer und legten uns dort in den Sand. Wir nahmen uns in die Arme, kuschelten und verbrachten die Nacht am Strand. Es war nicht gerade warm, es ging auch eine kühle Brise, doch wir hatten ja uns beide zum wärmen und deshalb wurde uns nicht kalt.

Um fünf Uhr kam die Sonne als riesiger, glühender Ball hinter dem Horizont hervor und schickte ihre blendenden Strahlen. Als ich meine Augen öffnen wollte, musste ich mir erstmal die Hand vor mein Gesicht halten, um nicht für eine Zeitlang blind zu sein. Ich gewöhnte mich jedoch sehr schnell an das grelle Licht und sah gleich zu Ricky hinüber, der noch tief schlief. Um auch ihn diesen wunderschönen Sonnenaufgang miterleben zu lassen, küsste ich ihn und weckte ihn somit auf. Langsam öffnete er seine Augen, schloss sie aber gleich wieder, da ihn ebenfalls die Sonne blendete. Doch letztendlich schaffte auch er es, die Augen offen zu halten und sah gemeinsam mit mir zu, wie sich der feurige Ball in die gelblich am Himmel stehende Sonne verwandelte.

Der Ozean, der in der Nacht schwarz schien, verfärbte sich wieder in ein helles, funkelndes Blau. Ich war froh, dass ich den gestrigen Abend und den heutigen Morgen, überhaupt alle Stunden, mit Ricky erleben durfte. Am liebsten wäre ich so jeden Tag aufgewacht, nie mehr ohne Ricky. Er drückte mich fest an sich und so blieben wir noch eine ganze Weile am Meer sitzen. Ich musste daran denken, dass es zu Hause bestimmt schneien würde, und dass ich am liebsten hier in Miami bliebe. So träumten wir beide dahin, immer den heller werdenden Himmel im Auge, dabei bemerkten wir aber nicht, wie sich uns jemand näherte. Doch plötzlich blitzte es und ich riss erschrocken meine Augen auf.

Das erste, was ich sah, war eine Kamera mit einem Mann, der sie immer wieder betätigte. Und dann sah ich Ricky, wie er den Mann am Hemd festhielt, ihm die Kamera wegnahm und sie mir hinwarf. Gleich öffnete ich die Klappe und nahm den Film heraus. Statt den Film aber zu zerstören, steckte ich ihn ein und stürmte zu Ricky hin, den ich gerade noch davon abhalten konnte, den Fotografen zu verprügeln.

"Ricky, nicht, lass das sein, spinnst du?"

"Warum sollte ich, er hat kein Recht uns zu fotografieren!"

"Und du keines, ihn zu schlagen. Willst du, dass morgen alles in der Zeitung steht?"

Ricky sah ein, dass ihm dies nur Schwierigkeiten machen würde und ließ den Fotografen daraufhin wieder los. Dieser packte seelenruhig seine Kamera und verließ sehr langsam und provozierend den Schauplatz. Ricky rief dem Paparazzi noch etwas hinterher und eilte dann mit mir zum Auto.

Die ganze Fahrt über sagten wir nichts, weder er noch ich, ich wusste nichts zu reden, denn eigentlich hätte jetzt kein Wort der Welt helfen können. Diese zehn Minuten kamen mir wie eine Ewigkeit vor, aber das Schlimmste war, wie sollte es weitergehen? Würden wir das einfach vergessen oder daraus Konsequenzen ziehen? Vielleicht könnte ich ihn nie mehr wiedersehen?! Als wir vor Rickys Haus standen, blieben wir im Auto sitzen, die Stille, die zwischen uns herrschte, machte mich jedoch fast verrückt. Ich war durch den Vorfall total verwirrt, denn wenn der Fotograf noch einen zweiten Film von uns hatte, würde es uns beiden an den Kragen gehen. Mit sechzehn hätte ich ihn nie küssen dürfen, wenn das rauskäme, wäre die Karriere von Ricky beendet! Habe ich ihm jetzt die Zukunft zerstört? Ich, die einfach so von einen Moment auf den anderen in sein Leben getreten war und es dafür noch unangenehmer für ihn gemacht hatte?

Mein klares Denken war wie von einem Schleier umgeben. Da ich nicht mehr still sitzen konnte und mir Vorwürfe machte, riss ich schnell die Autotüre auf und rannte die Straße runter. Ich rannte weg, ich, das Problem für Ricky, rannte weg von dem ganzen Unglück, das ich ihm eingebrockt hatte und was ich ihm noch bescheren würde. Immer schneller rannte ich an fremden Gesichtern vorbei, nahm dabei aber keine Rücksicht auf irgendjemanden, nicht einmal auf mich selbst. Mittlerweile war ich auf der Hauptstraße angekommen und stand am Rande des Gehsteiges. Die Autos hupten, mein Herz raste, alles drehte sich wie auf einem Karussell und jedes Geräusch dröhnte ewig in meinen Ohren. Überall umgaben mich Menschen, Autos, die Lärm machten, ich fühlte mich bedroht, von jedem beobachtet und angesehen. Auch wenn es nicht so war, nichts hielt mich länger, an dieser Stelle stehen zu bleiben. Ich hatte den Drang zu laufen, einfach irgendetwas zu machen, vor all dem wegzulaufen, dass mich noch mehr verwirrte.

Mein Blick richtete sich auf die andere Straßenseite, die ich irgendwie als Ziel sah, welches ich erreichen musste, um dem Ganzen zu entgehen. Mit ängstlichem Gesicht setzte ich einen Fuß vor den anderen, nur die andere, rettende Seite im Visier. Es schien alles endlos lange zu dauern, doch in Wirklichkeit ging alles viel zu schnell. Man konnte nicht sagen, dass mir mein Leben in diesen Momenten egal war, sonst hätte ich nicht versucht, irgendetwas zu machen. Nur das Problem war, ich hatte keine Kontrolle mehr über mich. In meiner Benommenheit, hörte ich jedoch plötzlich eine Hupe, die so laut war, dass ich wieder klarer denken konnte. Ich stand wie angewurzelt da, als ich ein Auto, welches laut hupend auf mich zugerast kam, sah. Schützend hielt ich die Arme vor mich und kniff die Augen fest zu. Ich bekam nichts mehr mit, nur einen Schmerz im rechten Arm, der sich schnell durch den ganzen Körper fraß.

War ich etwa schon tot oder was war eigentlich überhaupt passiert? Mit letzter Kraft öffnete ich die Augen und sah in das Gesicht von Ricky, der mich im Arm hielt. Erst dachte ich, ich wäre wirklich gestorben, doch als mich Ricky ganz fest an sich drückte, wurde mir das Gegenteil bewiesen. Jetzt konnte ich mich beruhigt tief in Rickys Arme sinken lassen. Es wurde plötzlich alles dunkel und die Schmerzen verteilten sich bis in meine Zehen. Dunkelheit, Leere beherrschten meinen derzeitigen Zustand. Es gab nur die Farbe Schwarz, die mich ständig umgab. Aber irgendetwas klang aus der Ferne an mein Ohr, ein Lied, ja, ein Lied, das mir gar nicht so fremd vorkam. Mittlerweile wurde alles ein wenig heller und ich konnte ein weißes Licht wahrnehmen. Jemand streichelte mir über die Wangen, das Lied verstummte jedoch, als ich die Augen langsam öffnete. Mit zittriger Stimme, brachte ich einen kurzen Satz heraus.

"Wo bin ich, was, was ist passiert?"

Ich erkannte Ricky, der mir alles erzählte, auch dass ich in einem Krankenhaus lag und von einem Auto angefahren worden war. Die ganze Sache war mir sehr unangenehm, deshalb drehte ich meinen Kopf weg, um Ricky nicht merken zu lassen, dass ich weinte. Doch er stand auf, setzte sich wieder vor mich hin und blickte mich aufmunternd an. Als ich in seine dunkelbraunen Augen versank, fühlte ich mich wieder genauso geborgen wie früher, genau dasselbe Feuer wurde wieder in mir entfacht und am liebsten hätte ich ihn endlos lange geküsst. Da wurde mir aber klar, dass ich mich von ihm trennen musste, ich wollte nicht den Glanz dieser Augen mit dem Unglück meiner Anwesenheit verschwinden lassen. Ich wollte dieses Lächeln, das mich immer so glücklich gemacht hatte, nicht zerstören, indem er alles für eine Liebe verliert.

Deshalb beschloss ich eine Zeit zwischen uns zu schieben, die so lange dauern sollte, bis ich achtzehn wäre und somit berechtigt, ihn zu lieben. Seine Reaktion darauf, zerbrach mir fast das Herz. Ich wollte ihn am liebsten an mich drücken und nie wieder loslassen. Er nahm meine Hand, sah mich traurig an.

"Vielleicht ist deine Entscheidung richtig, aber eines musst du wissen und solltest du nie vergessen. Ich liebe dich und ich werde dich niemals mehr aus den Augen verlieren! Ich brauche dich und ich liebe dich mehr, als du es dir vorstellen kannst! Vergiss mich nicht, schließe mich nicht aus deinem Herzen aus, denn ich werde um dich kämpfen. Ich brauche dich doch!"

Nach diesen Sätzen, konnte ich erst einmal gar nichts sagen, aber ich musste bei meinem Entschluss bleiben, aus Rücksicht zu Ricky.

"Nein, ich werde dich nie vergessen, auch wenn wir uns den Umständen entsprechend trennen müssen, du wirst ein Teil meines Herzens sein. Ich will das doch auch nicht, aber es ist das Beste für dich. Glaube mir, wenn du wegen mir deine Karriere verlierst, hast du so alles verloren, deine Musik. Sie ist dein Leben, dein Herz, deine Bestimmung, und ich ein Mädchen von vielen, gib nicht etwas auf, dass du brauchst, für etwas, was nur im Moment wichtiger erscheint! Lebe mit den Momenten, die wir hatten, sieh aber keine Zukunft, es gibt nämlich keine, die Zukunft ist deine Musik, die Bühne und deine Fans! Die brauchen dich, glaube ich, mehr. Nicht mehr wie ich, aber...!"

"Nein, bitte sage nichts mehr!"

Langsam senkte Ricky den Kopf, setzte sich seine Sonnenbrille auf und erhob sich, um den Raum zu verlassen. Kurz vor der Zimmertür blieb er noch mal stehen und drehte sich zu mir um.

"Ich liebe dich und werde dich nie vergessen!"

Das letzte Mal schaute ich ihn aus meinen verweinten Augen an und verabschiedete mich innerlich von dem Gedanken, ihn heute noch spüren zu können. Meinem hilflosen Blick konnte auch Ricky, dem ebenfalls einzelne Tränen runterrollten, nicht standhalten und deshalb kam er noch einmal zu mir und küsste mich.

"Ich werde dich vermissen, mehr als alles andere auf der Welt. Erst habe ich dich gefunden und nun verliere ich dich wieder", schluchzte ich.

Als mir dies klar wurde, nahm ich Ricky in die Arme und drückte ihn so fest es ging an mich. Leider lockerte er aber seine Umarmung, wischte sich die Tränen aus dem Gesicht und verließ endgültig den Raum und somit auch mein Leben. Ich blieb mit meiner unsterblichen Liebe und mit meiner mich fast auffressenden Trauer an diesem abweisenden Ort zurück. Das Schicksal hatte wieder ein Loch in mein Herz gefressen und ließ den Schmerz in mir schreien. Er verstummte nicht, sondern wurde mit jeder Minute der Einsamkeit lauter und lauter. Ich brauchte jemanden, irgendjemanden, der meinen Schmerz abtöten könnte, der ihn wenigstens für eine Zeit betäubt und mich so zur Ruhe kommen lässt.

Nach einer Stunde wurden meine Hilferufe von Monica gehört, die mich mit einem dicken, duftenden Blumenstrauß besuchen kam.

"Na, wie geht's dir denn?"

Mein Blick blieb auf mein Armkettchen gerichtet und ich redete, als ob mir alles egal gewesen wäre.

"Ich möchte am liebsten gestorben sein, dann müsste ich jetzt nicht solche Schmerzen, so einen Kummer ertragen!"

"Das darfst du nicht sagen, das wird schon wieder! Ich habe mit dem Arzt gesprochen, der hat gesagt ich darf dich schon mitnehmen! Falls es dich interessiert, draußen am Parkplatz habe ich Ricky getroffen. Er hat mir alles erzählt und deshalb frage ich dich, liebst du ihn nicht mehr?"

Ich musste wieder anfangen zu weinen und schaute Monica dabei so gut es ging in die Augen.

"Ich liebe ihn mehr als alles in meinem Leben und ich wünschte ich könnte die Zeit zurückdrehen, so dass ich ihm nie begegnet wäre!"

"Aber warum, ich habe ihn noch nie so lustig erlebt, ich meine bei eurer ersten Begegnung. Aber auch noch nie so traurig wie bei eurer jetzigen Trennung. Er braucht dich und du brauchst ihn, ihr gehört einfach zusammen!"

"Das glaub ich auch, das fühle ich. Am liebsten würde ich ja bei ihm sein, aber ich mache mir um sein zukünftiges Leben Sorgen. Nur deswegen und vor allem, ich bin sechzehn, es gibt keine Zukunft!"

"Es gibt eine und sein Leben hat er doch bis heute super hingekriegt, oder?"

"Ja, mehr als super, und deshalb habe ich um so mehr Angst, es ihm zu versauen!"

"Das machst du aber nicht, du zerstörst ihn, indem du diese Trennung willst, die gar nicht nötig ist! Wir fahren jetzt zu ihm hin und ihr beide regelt das, ok? Wartet bis du achtzehn bist, dazwischen heißt es halt aufpassen! Los, fahren wir zu ihm!"

"Das geht nicht so einfach, ich muss mir erst einmal über meine Gefühle klar werden, bevor ich ihm in die Augen sehen kann!"

"Wie du meinst, ich werde dir helfen, so weit es geht natürlich. Willst du jetzt hier raus oder soll ich gehen?"

"Nein, geh bloß nicht, ich komme mit dir mit", sagte ich schnell.

Ich sprang aus meinem Bett und suchte in Windeseile meine Sachen zusammen, die mir Ricky zuvor ins Krankenhaus mitgebracht hatte. Monica half mir dabei und verstaute dann meinen Koffer im Auto, mit dem sie zum Krankenhaus gekommen war.

"Woher hast du denn das Auto?"

"Geliehen, warte, ich helfe dir!"

"Danke, geht schon. Wo fährst du denn jetzt hin?"

"Zu Ricky, willst du wirklich nicht mit ihm sprechen?"

"Monica, du bist hier um zu arbeiten und nicht, um dich mit meinen Sorgen zu beschäftigen! Eine Bitte hätte ich aber noch, könntest du mich bei Ferdie absetzten?"

"Aber klar doch!"

Sie ließ den Motor an und fuhr mich zu meinem Wunschziel. Bei Ferdies kleinem Strandhäuschen ließ sie mich aussteigen und hob noch den Koffer von mir aus dem Wagen.

"Danke fürs Herbringen! Wollen wir uns heute um sieben beim Bistro an der Kreuzung da vorne treffen", fragte ich.

"Ja gerne, da müsste ich mit meiner Arbeit fertig sein!"

"Wenn du es nicht schaffst, dann komm später oder gar nicht, ich werde da sein!"

"Ist gut, oh nein, da kommt Ferdie, oder?"

"Ja, mach, dass du schnell wegkommst, sonst baggert er dich wieder an!"

"Ist gut, also dann bis später!"

Ich winkte ihr hinterher und trug dann meinen Koffer zu Ferdie, der mir bereits entgegen kam.

"Hi, wie fandest du die bisherige Zeit in Miami?"

"Ähmm, ganz nett, nicht sehr aufregend, aber ganz nett, hähä, ich habe halt noch nicht viel gesehen!"

"Soll ich dir was zeigen?"

"Nein, nein, nicht nötig, ich schaue selbst ein bisschen!"

"Was ist denn los?"

"Nichts, was sollte denn sein, ich befinde mich in Miami, was soll hier schon schief gehen?"

"Es ist etwas passiert, sag schon, was denn?"

"Nichts, ich gehe jetzt ein wenig shoppen, kann ich mein Gepäck bei dir lassen?"

"Ja sicher, bis dann!"

"Ähmm ja, bis dann dann!"

Ich drehte mich seufzend um und ging die Straße mit den vielen Läden, entlang. Sie brachten mich aber auch nicht auf etwas anderes, denn meine Gedanken bestanden nur aus Ricky und unserer verlorengegangenen Liebe. Ich erreichte den Platz, wo Ricky und ich uns zum ersten Mal geküsst hatten, wo aber auch unsere Liebe durch einen Fotografen in die Brüche ging. An diesem Ort der verschiedenen Gefühle blieb ich eine lange Zeit und dachte über alles, was bis jetzt passiert war, nach. Sollte ich wirklich mit Ricky reden? Würden wir wieder zueinander finden? Mein Blick blieb auf das Meer gerichtet, das wunderschön in der Sonne glitzerte. Möwen stießen hinunter zum Wasser und ein paar Jachten fuhren ganz weit hinten beim Horizont vorbei.

Wieder stellte ich mir Fragen, die nur durch meinen Mut und Überwindung beantwortet werden konnten. Mit den aufeinander treffenden Gefühlen im Herzen, ging ich zu dem vereinbarten Treffpunkt von Monica und mir. Monica saß bereits da, trank eine Cola und las eine Zeitschrift.

"Hi, bin ich viel zu spät?"

"Nein, ich bin nur früher da, weil aus der Arbeit mit Ricky nichts geworden ist. Er saß nur noch traurig da und war wie weggetreten, nicht einmal ansprechbar war er richtig!"

"Dann hat er also nichts weiter zu dir gesagt?"

"Nicht viel, nur, dass das alles ungerecht ist, und er mit dir sprechen will!"

Ich sah zur Seite, strich mir dabei entmutigt durch meine Haare und stand, nachdem wir gezahlt hatten, zusammen mit Monica auf.

"Hey, jetzt lass den Kopf nicht hängen, wir gehen jetzt in einer Disco ein bisschen abtanzen, dann vergisst du die Sorgen für eine Zeit!"

"Abtanzen ist gut, gehen wir doch gleich hier rein!"

"Wenn du willst!"

Wir gingen in die Disco und bestellten uns an der Bar etwas zu trinken.

"Willst du tanzen", fragte mich Monica auffordernd.

"Nein, vielleicht später!"

"Ach, jetzt komm schon, wir sind doch deswegen hier!"

"Na gut!"

Ich erhob mich aus meinem Barhocker und machte Monica einen Gefallen, indem ich mit ihr die Hüften schwang.

"Du, ich geh schnell etwas trinken, komme gleich wieder!"

"Ist gut, ich suche mit einen netten Boy, der mit mir tanzt!"

Lächelnd ging ich wieder zur Bar und setzte mich an meinen vorherigen Platz.

"Hi, willst du tanzen?"

Überrascht drehte ich mich um.

"Hey Ferdie, was machst du denn hier?"

"Na, was wohl jeder hier macht! Tanzen natürlich, willst du?"

"Nein, nicht in Stimmung!"

"Hat deine Unlust vielleicht etwas mit diesem Ricky zu tun?"

"Du kennst doch bestimmt diesen Sänger Ricky Martin, den habe ich kennen gelernt, wir verliebten uns und haben uns jetzt trotzdem getrennt. Zufrieden?"

Ferdie schaute mich ungläubig an.

"Der Ricky Martin? Aber warum ist...?"

"Ferdie, bitte, lass mich damit in Ruhe, ich weiß es doch selbst nicht ganz genau!"

"Na gut. Hey, ich treffe mich hier mit meinen Kumpels, hast du Lust sie kennen zu lernen?"

"Vergiss es, ich will hier traurig herumsitzen, wirklich, das ist das Beste im Moment!"

"Wie du meinst, soll ich dich um zwölf Uhr mitnehmen?"

"Ja, das wär gut, ich kann doch bei dir wohnen?"

"Solltest du ja eigentlich den ganzen Aufenthalt über!"

"Das heißt dann also ja! Amüsier dich schön, bis dann!"

Ehe ich mich versehen konnte, war Ferdie schon bei seinen Freunden und machte sich an Mädchen ran.

"Idiot", dachte ich im Stillen. Ich lehnte mich an die Bar und starrte vor mich hin.

"Tolle Ferien, hoffentlich sind sie bald vorbei!"

Gelangweilt spielte ich mit meinem Glas Cola herum und ließ jeden der mit mir tanzen wollte eiskalt abblitzen.

"Hey, Griesgram, amüsierst dich aber nicht sehr!"

"Hi Monica, ach wirklich, merkt man das? Gehst du schon?"

"Ja, ich habe genug, soll ich dich...?"

"Nein, nein, Ferdie nimmt mich mit, aber kann ich noch deine Adresse haben, ich weiß ja nicht mal, ob ich dich noch mal sehe!"

Monica nahm ein Stück Serviette und schrieb ihre Telefonnummer und Adresse drauf.

"Willst du noch meine Handynummer haben?"

"Ne, nicht nötig, danke schön!"

"Also bis irgendwann und lass den Kopf nicht hängen!"

"Werde ich machen, tschau!"

Ich sah Monica noch nach und widmete mich dann wieder meiner Langeweile. Gerade als ich einen Schluck von meinem mittlerweile zehnten Cocktail nehmen wollte, wurde mir mein Glas aus der Hand entnommen.

„Ich hoffe, dass da kein Alkohol drinnen ist!"

"Alkohol? Meinst du, dass ich meinen Kummer damit zuschütte? Ich saufe mich doch nicht wegen diesem Ricky an!"

"Dann ist ja gut. Komm wir gehen jetzt, es ist eh schon spät! Dir macht es doch nichts aus, wenn meine Kumpels und ich noch eine kleine Feier machen, oder?"

"Ne, das ist mir egal, schlafen kann ich wahrscheinlich sowieso nicht!"

"Keine Panik, du bekommst schon ein bisschen Schlaf, an uns wird es nicht liegen!"

"Das ist aber nett von dir", meinte ich ironisch.

Ich ging mit Ferdies Freundeskreis aus der Disco raus, wobei ich auf dem Weg zum Auto nachtrottete und das laute Gelächter der Typen verfolgte. Sie sahen nicht einmal schlecht aus und waren weder besoffen noch angekifft, das wunderte mich etwas. Als wir den Jeep endlich erreicht hatten, sprangen alle hinein und ließen mir am Rücksitz einen Platz frei, wo ich mich mit Mühe reinquetschen konnte. Wir fuhren zu Ferdies Haus, wo er, nach dem Einparken, ein Wettrennen veranstaltete.

"Auf die Plätze, fertig, los!"

Bei "los" stürmten alle wie die Wahnsinnigen voran und versuchten nicht der letzte Ankömmling zu sein, denn der Letzte musste eine Aufgabe erfüllen, die noch nicht festgelegt war. Später machten die Jungs ein Lagerfeuer, an dem einer Gitarre spielte und die anderen singen mussten. Sie sangen das Lied total falsch, aber es machte ihnen viel Spaß. Ich setzte mich eine Weile dazu, beschloß dann aber noch ein wenig am Strand entlang zu gehen. Das laute Singen hinter mir lassend, schlenderte ich am Strand entlang, wo mich der trockene Sand an den Füßen kitzelte. Am Meer fühlte ich mich irgendwie wohl, fern aller Probleme und Sorgen, die mich beherrschten. Die Stimmung ließ mich zur Ruhe kommen und wenigstens für ein paar Minuten durchatmen. Mein Haar wehte in der salzigen Meeresbrise und sie gab mir das Gefühl, dass ich fliegen würde. Daraufhin breitete ich meine Arme aus und ließ den Wind an mir vorbeisausen. Immer wieder atmete ich tief durch und schmeckte das Salz in meinem Mund und meinen Lungen. Ich fühlte mich so leicht, als ob ich schweben würde. Alle Gedanken wurden weggeweht, dabei machte ich mich frei für die beruhigende Stille, die das leise Meeresrauschen verbreitete. Alles wurde von Ruhe, die nichts störte, beherrscht. Es war wie eine Welt, die meine Wünsche erfüllt. Ich wollte Ruhe, das Meer gab sie mir, ich wollte fliegen, der Wind ließ mich innerlich fliegen. Man musste nur alles auf sich wirken lassen, dann konnte das Meer einem den Wunsch auch in einer gewissen Weise erfüllen. Ich saß ruhig, während die Sandkörner um mich herum kleine Dünen bildeten. Neben mir tropfte es in den Sand, ich schaute in den Himmel empor. Es dauerte nicht lange, da wurde das Tröpfeln durch einen Regenschauer ersetzt. Es prasselte nur so runter, so stark wie meine Trauer war.

Irgendwann stand ich dann auf und machte mich auf den Rückweg. Er schien mir viel länger wie der Hinweg und ich war total froh, als ich die Lichter vom Häuschen wiedersah. Völlig durchnässt öffnete ich die Tür und rettete mich ins Trockene. Augenblicklich unterbrachen die Jungs ihr Gespräch und schauten mich skeptisch an. Ich schaute total genervt und mit einer bösen Miene zurück, ging dann aber in mein Zimmer, wo ich mich umzog. In der Küche machte ich mir einen Kaffee und setzte mich damit draußen auf die kleine Veranda. Mein heißes Getränk schlürfend, schaukelte ich in der Hängematte und lauschte dem Regen.

"Was mache ich die restlichen Tage, wenn es auch noch regnet. Habe ich überhaupt schon etwas Tolles erlebt?"

Für einen Moment dachte ich nichts, sondern hatte nur die Bilder von den letzten Ereignissen vor Augen und kam zu folgendem Entschluss.

"Nein, so darf ich nicht denken, immerhin habe ich Ricky Martin getroffen und das war das Alleraufregendste. Ich hatte eine wunderschöne Zeit, die ich nie vergessen werde und für die ich wahrscheinlich immer dankbar sein werde, auch wenn der Abschied nicht schön war!"

Tief durchatmend stand ich auf, ging rein und legte mich ins Bett, wo ich sofort einschlief.

Am frühen Morgen, wurde ich vom lauten Grollen der

Wellen, die der starke Regen verursachte, geweckt. Verschlafen rieb ich mir die Augen, schleuderte meine Decke zur Seite und stand auf. Ich ging gleich raus und lehnte mich mit meinem langen, weißen T-shirt an den Türstock, wo ich das langsam auflockernde Wetter beobachte.

"Schön der Regen, nicht", meinte Ferdie, der plötzlich hinter mir stand.

"Morgen, erst mal! Ja, finde ich auch, es könnte aber ruhig wieder schön werden!"

"Ne, bloß nicht, ich will heute die riesigen Wellen bezwingen und das geht ohne dieses Wetter nicht!"

"Ach, du spinnst doch!"

Ich drehte mich um und nahm Ferdie, bevor er einen Schluck nehmen konnte, die Kaffeetasse aus der Hand.

"Natürlich darfst du meinen Kaffee haben, nett, dass du fragst!"

"Pech, wenn du mir keinen anbietest!"

Während sich Ferdie einen neuen Kaffee machte, widmete ich mich wieder dem Grollen der Brandung.

"Weißt du was, Ferdie, ich gehe jetzt ein wenig joggen!"

Mit diesen Worten, stellte ich meine Tasse auf den Küchentisch und eilte dann in mein Zimmer. Dort zog ich mir Turnschuhe, ein Top und eine kurze Hose an. Ferdie saß am Tisch und amüsierte sich anscheinend köstlich über einen Zeitungsartikel, den er las.

"Also, ich gehe jetzt", sagte ich noch schnell.

"Jaja!"

Ich merkte, dass mich Ferdie nur mit einem Ohr gehört hatte und fügte deshalb noch etwas hinzu.

"Und ich komme nie mehr zurück!"

"Mmh, bis nachher dann!"

"Blödmann!"

Ich stieß die Tür auf, machte noch ein paar Stretchingübungen und begann dann meine Joggingtour mit einem schnellen Gehen. Das schnelle Gehen ersetzte ich dann bald durch ein langsames Laufen, dessen Geschwindigkeit ich immer wieder steigerte. Schwer zu rennen war es nicht, da der Sand durch den Regen hart geworden war. Da ich aber keine gute Kondition hatte, musste ich nach einer Weile eine Pause machen, die daraus bestand, dass ich meine Hände auf den Knien aufstützte und meinen Atem zur Ruhe kommen ließ. Bald ging es aber wieder und ich konnte weiterlaufen, jedoch etwas langsamer und gelassener.

Eine zweite Chance für die Liebe

Plötzlich hörte man in der Ferne ein näherkommendes Getrampel. Und bald erkannte man auch einen Reiter, der ein zweites Pferd neben sich herlaufen ließ. Viel dachte ich mir jedoch nicht dabei, sondern joggte weiter, jedoch wieder in Richtung Strandhäuschen zurück. Das Getrampel der Hufe wurde immer lauter und der Reiter kam immer näher. Ich fragte mich schon wer so früh und vor allem bei diesem Wetter reiten geht, aber mit diesem Jemand hätte ich nie gerechnet.

Noch immer rannte ich meinen Weg entlang, als ich jedoch merkte, dass mich das Schnauben der Pferde schon fast erreicht hatte, blieb ich stehen und drehte mich endlich um. Mein Puls schnellte in die Höhe und ich hatte das Gefühl, dass mein Herz vor Aufregung explodieren würde. Die Pferde bliesen nervös durch die Nüstern und tänzelten auf der Stelle. Ihr nasses Fell dampfte in der Morgenfrische und auch ich war nervös, wusste aber nicht, wie ich mich jetzt verhalten sollte. Ich war wie gelähmt, nicht im Stande, irgendetwas zu sagen oder zu machen. Mein Gehirn hatte sich verabschiedet und die Kälte spürte ich auch fast nicht mehr, nur mein Herz, das wie wild pochte. Alles ringsherum war für mich nicht mehr existent, nur noch die Situation, mit der ich nicht ganz zurecht kam, zählte, denn vor mir stand Ricky.

Ohne ein Wort zu sagen, gab er mir die Zügel vom zweiten Pferd und bat mich aufzusteigen, was ich dann auch tat. Schweigend ritten wir nebeneinander her, weder er noch ich stellten irgendeine Frage oder sagten ein Wort. Schüchtern schaute ich ein paar Mal zu ihm rüber, ging dann aber wieder meinen Gedanken nach. So ritten wir, jeder für sich, den Strand entlang, bis wir an meinem derzeitigen Wohnort ankamen. Hier machte ich, nach reichlicher Überwindung, den ersten Schritt und beendete somit das Schweigen zwischen uns.

"Ähhmm, willst du mit reinkommen?"

"Ja gerne!"

Wir stiegen ab, banden die Pferde an einem Pflock an und gingen hinein.

"Brauchst du ein trockenes Hemd", fragte ich Ricky.

"Nein danke, das geht schon!"

Das hieß also "ja, aber ich traue mich nicht, dich das zu bitten".

Also ging ich in mein Zimmer und suchte ein weites T-shirt heraus.

"Hier hast du ein Hemd, ein bisschen eng, aber immer noch besser als eine Erkältung. Das Badezimmer ist gleich da!"

Ricky bedankte sich und verschwand gleich im Bad. Schnell machte ich Kaffee und goss diesen in zwei Tassen. Da ich aber nicht wusste wie Ricky seinen haben wollte, ging ich, ohne nachzudenken, zum Badezimmer und öffnete schwungvoll die Tür. Meine Augen weiteten sich, wobei auch mein Mund weit aufklappte. In dieser Stellung verharrte ich solange, bis sich Ricky endlich sein Hemd angezogen hatte. Ich wusste gar nicht, warum ich so reagierte, schließlich hatte ich ihn schon mal ohne Hemd gesehen.

"Ähhm, tut mir leid, ich wollte nur fragen, wie du deinen Kaffee möchtest!"

Er drehte sich zu mir um und sagte ganz locker und gelassen: "Mit Milch und Zucker bitte!"

"Ja, ja, natürlich!"

Fast hätte ich einen Schweißausbruch bekommen, nicht wegen des peinlichen Hereinplatzens, sondern wegen diesem braungebrannten, knackigen Bauch und überhaupt wegen diesem muskulösen, durchtrainierten Körper. Was hatte ich nur, ich benahm mich wie ein kleines Mädchen. Vielleicht war es aber auch nur die ungeheurige Aufregung. Insgeheim freute ich mich aber ein wenig, dass ich reingeplatzt war, denn so hatte ich wenigstens einen schönen Anblick und Ricky hatte es auch ganz gelassen genommen.

"Vielleicht wird ab jetzt ja alles lockerer, ich bin so froh, ihn wieder zu sehen", dachte ich laut.

"Mit wem sprichst du denn?"

Ich drehte mich erschrocken um und verschüttete dabei fast den Kaffee.

"Ach, ich denke oft laut! Hier ist die Milch, Zucker kommt gleich, du kannst dich da drüben an den Tisch setzen!"

"Ja danke!"

Nachdem ich den Zucker geholt hatte, setzte ich mich mit meiner Tasse zu Ricky. Nach der Szene im Badezimmer, hatte ich das Gefühl, dass wir etwas weniger schüchtern geworden waren. Als wir jedoch am Tisch saßen und die Stille wieder Überhand gewann, war ich mir da nicht mehr so sicher. Vor allem hätte ich so viel zu fragen und zu klären gehabt, aber ich hätte auch gerne eine Antwort bekommen, warum er hier war, wenn er eh nichts redete. Deshalb fasste ich wieder meinen ganzen Mut zusammen und fragte, wie es ihm ginge.

"Ganz gut und dir?"

"Geht schon. Prächtig nicht, aber sag, warum bist du hier? Nicht, dass ich mich nicht freuen würde, aber... naja du weißt schon!"

Auf meine Frage hin kramte Ricky in seiner Hosentasche und zum Vorschein kam ein etwas feucht gewordener Zettel.
"Was ist das", fragte ich ihn neugierig.
"Hier, lies selber!"
Gespannt auf den Inhalt, faltete ich den Brief vorsichtig auseinander und begann zu lesen, stoppte jedoch sofort, denn ich wusste genau was das für ein Zettel war. Es war der Brief, den ich in Rickys Küche geschrieben hatte und ihm dann schenkte. Schlimm war es nicht, ihn wieder zu lesen, aber das waren meine Gefühle zu diesem Zeitpunkt, jetzt waren sie wieder ganz anders. Nicht, dass ich ihn weniger liebte, ganz im Gegenteil, aber jetzt waren meine Gefühle etwas weniger lebendig, weniger ausgereift.
Als ich diesen Brief schrieb, war ich mir über meine Emotionen im Klaren und konnte sie genau beschreiben, meine jetzigen kannte ich nicht einmal genau. Auch er war mir wieder fremd, so als ob ich ihn nicht kennen würde. Waren die gemeinsamen Stunden, die wir erlebten, nur noch Vergangenheit, nur noch ein Eintrag in meinem Tagebuch, den ich jeden Tag lesen würde? Ich hob meinen Blick und schaute Ricky so tief wie möglich in die Augen. Es war ein Suchen, ich wollte in seinen Augen lesen und somit wissen, was in ihm vorging, einfach eine verborgene Lösung in ihm finden. Er verschloss sich jedoch mir gegenüber und trank seinen Kaffee weiter. Ich spielte mit meinen Gedanken, die ich aussprechen wollte. Dabei kam mir auch der Satz unter, der mir sehr wichtig war und dessen Antwort ich gerne gewusst hätte. Mir war bewusst, dass dies nicht der rechte Moment für meine Frage war, trotzdem wollte ich seine Reaktion sehen.
"Liebst du mich noch", schoss es aus mir heraus.
Ricky verschluckte sich bei diesen Worten an seinem Kaffee

und rang nach Luft. Ich sprang auf und klopfte ihm auf den Rücken.

"Geht's wieder", fragte ich ihn besorgt.

"Ja ja, geht schon, danke!"

Ich setzte mich wieder ihm gegenüber hin und schaute ihn erwartungsvoll an. Als er wieder regelmäßig atmen konnte, versuchte er, eine Antwort zusammenzubasteln.

"Also, wie soll ich anfangen, ähm, also, erstmal... Ach ja, gestern habe ich deinen Brief gefunden, woraufhin ich ihn ungefähr dreißig Mal gelesen habe. Da wurde ich mir über meine Gefühle richtig klar, da stand für mich fest, dass du die Frau bist, die ich hören, berühren, spüren und an meiner Seite haben will. Ich möchte mein restliches Leben mit dir verbringen und dich immer sehen!"

Aus seinem Gestotter wurde ein richtig emotionaler Satz, der mich aber wieder zum gleichen Entschluss brachte, so schwer es mir auch fiel.

"Das geht nicht, sehe es doch ein, wir haben keine Zukunft!"

"Ja, aber so weiß ich wenigstens, dass du an mich denkst, denn es ist ein wunderschönes Gefühl, wenn du weißt, jemand denkt an dich!"

"Ja, dass ist wundervoll, du wirst immer ein Bestandteil meiner Gedanken sein, ohne viel Risiko!"

Jetzt endlich schaute mich Ricky an, aber so gefühlvoll, dass ich alles vergaß. Ich war in der Bräune seiner Augen gefangen und der Glanz blendete meine Sinne. Ich wollte nur noch Eines, wieder seine samtigen Lippen spüren und so stand ich auf und küsste ihn. Ganz fest umarmte ich ihn und fühlte mich vollständiger und wohler wie nie zuvor in meinem Leben. Gerade in diesem Moment kam Ferdie aus seinem Schlafzimmer, jedoch nicht alleine, ihm folgte ein blondes Busenwunder à la Pamela Anderson. Ricky und ich, ließen einander wieder los und betrachteten die mehr aus Plastik und Silikon bestehende Frau. Ferdie bemerkte unsere Blicke und versuchte deshalb etwas abzulenken.

"Hallo, du bist Ricky, oder?"

"Ja das ist Ricky, wir haben uns zufällig beim Spazierengehen getroffen", erwiderte ich schnell.

Ungläubig schaute Ferdie aus dem Fenster und wich erschrocken zurück.

"Mann, haben mich diese Gäule erschreckt, die sind euch wohl nachgelaufen oder? Natürlich!"

"Was für Pferde", fragte ich, die Unwissende spielend.

"Tu nicht so, als ob du keine Ahnung hättest, aber falls du mir nicht glaubst, schau aus dem Fenster, sie verschmutzen nämlich gerade meine Fensterscheibe mit ihren schleimigen Mäulern!"

Ich tat etwas überrascht, ging zum Fenster, wo ich mich von den dreckigen Scheiben überzeugte.

"Oh, sind die Pferde süß, wo kommen die denn her? Ricky, weißt du woher die Pferde kommen?"

Unauffällig zwinkerte ich Ricky mit einem Auge zu.

"Pferde, was für Pferde", fragte er ebenfalls ahnungslos.

Er spielte mit und kam deshalb zu mir, um mich zu unterstützen.

"Nein, ich weiß nicht was die Pferde hier machen, aber ich kenne jemanden, dem sie vielleicht gehören. Ich bringe sie zurück!"

"Ist das nicht nett von Ricky?"

"Hahaha, verarschen kann ich mich auch selbst, dazu brauche ich nicht euch beide!"

"Dann ist es aber lustiger!"

Ricky und ich gingen laut lachend raus, um uns um die Pferde zu kümmern.

"Danke das du mitgespielt hast", sagte ich zu Ricky.

"Gern geschehen, aber hey, sag mal, war das seine Freundin?"

"Nein, er sucht noch nach einer, dabei gerät er oft an die Schlimmsten!"

"Sieht man, hoffentlich ist sie nicht die Richtige, so einen Geschmack würde ich ihm nicht wünschen!"

Lächelnd stieg Ricky auf sein Pferd und gab mir von oben herab noch einen Abschiedskuss.

"Ich rufe dich an", sagte er mir noch schnell.

"Warte nicht zu lange damit!"

"Gleich wenn ich daheim bin, sprinte ich zum Hörer, versprochen!"

Mit diesen Worten ritt er, das andere Pferd wieder neben sich herführend, weg. Ich schaute ihm so lange nach, bis er als Punkt in der Ferne verschwand. Fassen konnte ich unsere schnelle Zusammenkunft aber immer noch nicht.

"Tja, die Liebe macht die ganze Arbeit, die die Menschen manchmal nicht schaffen!"

Ich faltete meine Hände zusammen und schaute zum Himmel hinauf. "Danke lieber Gott, vielen Dank!"

Nachdem ich wieder ins Haus gegangen war, legte ich gleich einmal die CD von meinem Geliebten ein und tanzte zu seiner Musik. Meine kleine Glücksparty wurde aber von Ferdie beendet, der genervt die Musik leiser drehte und sich herausfordernd auf mein Bett setzte.

"Ist nur so eine Vermutung, aber seid ihr wieder zusammen?"

"Ja, so ist es! Ist das nicht toll?"

"Ich sag nichts, ist ja nicht mein Leben!"

"Na, dann kannst du ja wenigstens zuhören, oder hast du etwas mit deinem Busenwunder zu tun?"

Ferdie zog genervt die Augenbrauen hoch, verdrehte die Augen und sagte mit einem scharfen Ton.

"Nein, hab ich nicht, ich kann dir also stundenlang zuhören!"

"Das hättest du nicht sagen sollen!"

"Was denn?"

"Na das Wort "stundenlang"!"

"Ach so! Wörtlich musst es nicht nehmen, also schieß dann mal los!"

Auf seinen Wunsch hin fing ich an, ihm alles, was mir bisher passiert war, zu erzählen. Nach jedem Wort schien Ferdie interessierter zuzuhören und versuchte meinem hektischem Reden zu folgen. Als ich dann endlich fertig war, blieb er eine Weile still sitzen.

"Und schon einen Ratschlag bereit", fragte ich ihn.

Er stand auf und schüttelte den Kopf.

"Nein, ich kann dir dazu keinen Rat geben. Ich suche noch nach diesen Gefühlen, die du empfindest, also kann ich dir nichts sagen!"

"Aber was hältst du davon?"

"Naja, begeistert bin ich nicht von eurer Beziehung, aber etwas überzeugter!"

Erleichtert wich meine Anspannung und ich wurde wieder lockerer.

"Du musst ihn ja nicht lieben, das tu ich ja, oder darf ich besser gesagt", witzelte ich herum.

"Ich dachte, ich soll dir helfen!"

"Damit meinte ich, was ich als nächstes machen könnte!"

Kaum hatte ich meinen Satz fertiggesprochen, sprang Ferdie auf, holte das Telefon und hielt es mir hin.

"Ist das dein Ratschlag", fragte ich ihn skeptisch.

"Ne, der kommt jetzt! Ruf ihn an und sage ihm genau das,

was du mir gerade erzählt hast!"

"Was, spinnst du? Das ist doch megapeinlich!"

"Ach quatsch, ich fand es wunderschön und wenn ich an Rickys Stelle wäre, würde ich dich jetzt fragen, ob du mich heiraten willst!"

"Ehrlich gesagt habe ich vor so etwas Angst!"

"Hä, wieso?"

"Naja, ich vermute mal, dass wir auch miteinander, na du weißt schon, und das wird vielleicht bald sein. Aber ich kenne ihn doch bisher nur von Postern und von den paar gemeinsamen Stunden!"

Während ich Ferdies Frage beantwortete, schaute ich auf den Boden und merkte richtig, wie ich knallrot anlief. Ferdie sah da aber überhaupt keine Scham und antwortete mir mit einer Selbstverständlichkeit, die ich nicht erwart hätte.

"Erstens heißt das ganz einfach auf Deutsch, miteinander schlafen, und zweitens, ich weiß es nicht so genau, aber ich denke, von Beobachtungen her, dass du ihn in dieser kurzen Zeit besser kennen gelernt hast, als andere in einem halben Jahr!"

"Meinst du wirklich?"

"Ja klar, du brauchst überhaupt keine Angst zu haben. Mach dir keinen Stress, sondern hab Spaß, aber eines nicht vergessen, Verhütung!"

Ich warf Ferdie einen schiefen Blick zu, sprach dann aber gleich wieder den ernsteren Teil an.

"Es ist aber vielleicht etwas anderes, wenn es das erste Mal ist und ich möchte, dass das erste Mal nicht so einfach verschwendet wird, weißt du, was ich meine?"

"Ja, verstehe, aber du liebst ihn doch, ich meine so richtig, aus ganzem Herzen!"

"Na klar!"

"Dann ist doch alles perfekt, du hast dein allererstes Mal mit dem Mann, den du liebst, da kann doch fast nichts mehr schief gehen!"

Nun hatte mich Ferdie wirklich überzeugt, ich sah ein, dass es kein schöneres erstes Mal geben kann.

"Vielen Dank, du hast mir echt geholfen, aber sag mal, musst du irgendwohin, oder warum sitzt du so angespannt da?"

"Na eigentlich bin ich noch mit jemandem verabredet!"

"Warum sitzt du dann noch hier rum, hau schon ab!"

Lächelnd sprang Ferdie auf und zog sich noch ein anderes Hemd an. Bevor er aus dem Haus ging, fragte ich noch etwas, was mich total interessierte.

"Hey, sag mir noch was, ist dieses plastische Blondie noch da?"

"Nein, die ist schon wieder weg", antwortete mir Ferdie.

"Komisch, hab sie gar nicht rauskommen sehen!"

"Ist sie aber! Wahrscheinlich warst du zu sehr mit Ricky beschäftigt!"

"Haha. Obwohl? Du hast sogar recht, ich habe wirklich nur auf ihn geschaut!"

"Na also. Du, sorry, aber ich müsste jetzt echt los, komm doch mit!"

"Geh mal ruhig, ich hab schon was sehr Wichtiges vor!"

"Ich komm jetzt nicht drauf, was du heute wohl machen wirst!"

"Tja, ich habe einen Freund!"

Locker stellte sich Ferdie hin und verschränkte die Arme.

"Danke, dass du mich an mein Singledasein erinnert hast!"

"Gern geschehen, aber jetzt geh halt endlich!"

"Bin ja schon weg!"

Schnell rannte er raus, kam aber gleich wieder rein und holte seinen vergessenen Autoschlüssel.

"Viel Spaß mit Ricky", meinte er noch.

"Danke, werde ich haben!"

Ich setzte mich in die Küche und aß, die Zeitung lesend, einen Keks. Lange hielt ich es aber nicht aus, rannte zum Telefon und wählte hastig Rickys Nummer. Ewig tutete es, aber keiner ging ran.

"Mist, er ist noch nicht zu Hause, hoffentlich kommt er bald!"

Enttäuscht legte ich wieder auf und ging ins Badezimmer. Nach dem wohligen Duschen, wickelte ich mich in mein Handtuch und suchte nach dem Funktelefon. Gerade als ich Rickys Nummer wählen wollte, klingelte es.

"Hallo?"

"Hi, ich bin's! Ich wollte dich fragen ob du Zeit hast!"

"Ja klar habe ich Zeit, für dich doch immer!"

"Na gut, ich muss noch schnell was erledigen, bin aber bald da!"

"Hey, hey, hey, nicht so schnell, erst muss ich mich anziehen und dann noch schminken, also kannst du dir ruhig noch Zeit lassen!"

"Ok, ich bin dann in zwanzig Minuten da!"

"Also dann, bye!"

Überglücklich legte ich auf und zog mich gleich wieder ins Badezimmer zurück.

"Wie soll ich das zeitlich nur schaffen?"

Hektisch kramte ich mein Schminkzeug hervor und versuchte irgendetwas aus meinem Gesicht zu machen.

"Ok, ganz ruhig, erst schminken und dann anziehen!"

Ich machte mich als erstes an die Augen und an die Lippen, und später noch an die Haare, Make-up brauchte ich nicht, da ich eine reine Haut hatte. Immer wieder schaute ich auf die Uhr, wieviel Zeit ich noch hatte.

"Ok, fertig und jetzt schnell in die Klamotten!"

Ich rannte mit dem umgewickelten Handtuch in mein Zimmer und suchte dort nach etwas zum Anziehen.

"Oh man, nur noch zehn Minuten, das schaffe ich doch nie!"

Ich suchte und suchte in meinem Koffer, aber ich fand nichts, was mir wirklich gefiel.

"Ach, ich habe mir doch zusammen mit Ricky die Hot Pants gekauft und dazu ziehe ich noch das neue Top an!"

Ich warf das Handtuch auf mein Bett und zog die endlich gefundenen Sachen an. Schnell rannte ich wieder ins Badezimmer, um noch einmal meine Haare durchzubürsten. Im Spiegel sah ich, wie die Tür hinter mir geöffnet wurde. Gleich darauf, steckte Ricky frech seinen Kopf rein und grinste mich an.

"Hallo, darf ich reinkommen?"

"Natürlich!"

Daraufhin öffnete er die Tür und trat ein.

"Ich habe dich schon vermisst, deshalb bin ich etwas früher da!"

"Oh, ich habe dich auch vermisst, krieg ich keinen Kuss?"

"Klar doch!"

Gleich trat er zu mir, umarmte und küsste mich, beides fest und lange.

"Mann, ich habe dich auch vermisst", stellte ich danach fest.

"Dafür verbringen wir den ganzen heutigen Tag miteinander! Aber, wo willst du denn eigentlich hin, oder was willst du machen?"

Lange brauchte ich nicht nachzudenken, denn ich wusste schon etwas Schönes.

"Kennst du eine einsame Bucht, wo wir ganz alleine sind", fragte ich ihn.

"Aber natürlich und wenn nicht, dann finde ich schon eine für dich!"

"Na, dann mal los!"

Wir gingen aus dem Bad und wollten gerade die Eingangstür zumachen, als mir etwas Wichtiges einfiel.

"Oh nein, Ricky, könnte ich noch schnell meine Mum anrufen?"

"Klar doch, ich warte", gab er mir zur Antwort.

"Komm doch noch mal mit rein, du kannst ihr ja hallo sagen!"

"Ich kann aber kein Deutsch!"

"Aber sie kann Englisch!"

"Na gut!"

Nachdem wir wieder reingegangen waren, wählte ich schnell die ewig lange Telefonnummer.

"Hallo", meldete sich meine Mutter.

"Ja hi, ich bin's Sophie!"

"Sophie, du hast vielleicht Nerven, ich wäre vor Sorge fast gestorben, warum hast du dich nicht gemeldet?"

"Tut mir echt leid, aber ich war viel zu beschäftigt!"

"Zu beschäftigt um für zehn Minuten deine Mutter anzurufen?"

"Wenn ich dir meine unfassbare Story erzähle, dann verstehst du es!"

"Na dann schieß mal los!"

"Ok, aber nur in Kurzfassung. Also, du kennst doch Ricky Martin?"

"Na klar, wie denn auch nicht?"

"Der spricht jetzt gleich mit dir!"

"Was, kennst du ihn persönlich, hast du ihn getroffen?"

"Nicht nur das, ich bin mit ihm zusammen!"

"Haha, guter Witz!"

"Nein, kein Witz, ich gib ihn dir mal!"

Ich legte die Hand auf den Hörer und winkte Ricky zu mir.

"Meine Mam möchte mit dir reden, sie glaubt mir nicht, dass du Ricky Martin bist!"

"Dann gib mal das Telefon!"

Er nahm den Hörer und begrüßte meine Mum mit zwei lustig gesprochenen Worten.

"Grüß Gott?"

Gespannt verfolgte ich, wie Ricky erst zuhörte und dann laut zu lachen anfing.

"Ja, ich bin wirklich Ricky Martin, das ist wahr! Was, ich soll singen?"

Ungläubig schaute er mich an und hob eine Augenbraue.

"Gib mir das Telefon", sagte ich schnell.

"Danke das du ihr Hallo gesagt hast, wenn sie nicht weiß, mit wem ich zu tun habe, macht sie sich immer Sorgen!" flüsterte ich Ricky zu.

"Hey Mum, denkst du wirklich ich rufe von Miami an, um dich zu verarschen?"

"Nein, aber ich kann es nicht glauben, wie bist du an ihn rangekommen?"

"Naja, im Flugzeug habe ich die Musikproduzentin von ihm kennen gelernt, sie hat mich mitgenommen weil ich Geburtstag hatte und da haben Ricky und ich uns verliebt! Aber, Mum, ich erzähle dir alles, wenn ich zu Hause bin!"

"Ich freue mich schon auf dich, ach, und mach keine Dummheiten!"

"Kannst dich auf mich verlassen, ich muss jetzt nur Schluss machen, weil ich jetzt mit Ricky baden gehe!"

"Na dann viel Spaß und, bitte ruf mal wieder an!"

"Mach ich, tschau!"

Um nicht länger telefonieren zu müssen, legte ich einfach

auf.

Ricky und ich veranstalteten ein kleines Wettrennen zum Auto und machten uns auf den Weg zur einsamen Bucht. Wir fuhren die ganze Zeit am Meer entlang. Die Palmen zischten an uns vorbei und die Sonne brannte mittlerweile wieder heiß herunter. Irgendwann fragte mich Ricky dann, ob ich Höhenangst hätte, worauf ich mit "nein" antwortete. Ich wunderte mich, denn hier gab es keine Brücken, doch bald verstand ich die komische Frage. Mein Mund öffnete sich immer weiter und meine Augen wären mir vor lauter Staunen fast herausgefallen. Der türkisblaue Ozean wurde nämlich von mehreren, breiten und langen Straßen überbrückt. Sie verbanden die Insel, die wir gerade verließen, mit der anderen und ermöglichten uns somit den Übergang. Ein bisschen mulmig wurde einem dabei aber schon, denn es war sehr hoch, um nicht zu sagen viel zu hoch, für meinen Geschmack. Doch die Angst wurde vom Staunen verdrängt und ich genoss das Gefühl, über dem Meer zu fahren. Am Rande der Straßen gab es ein Geländer, wo viele Leute ihre Angeln befestigt hatten. Es sah total witzig aus, denn die Angelschnüre hingen viele Meter in der Luft und reichten gerade noch ins Wasser hinein.

Der Übergang dauerte sehr lange, da ziemlich viel Verkehr war, doch schließlich kamen wir auf der anderen Insel an, wo am Rande halb im Wasser stehende, bunte Häuschen hingebaut waren.

"Hier schaut es ja total niedlich aus, das sind die Keys, oder?"

"Ja stimmt, manche Leute kommen nur wegen ihnen hierher!"

"Verstehe ich, aber was anderes, da sind Hinweistafeln mit Namen von Stränden. Beach of the keys, Veronika's beach.

Anne's beach hört sich total klein an!"

"Ok, wir können ja mal hinschauen!"

Wir fuhren die kleine, holprige Straße entlang, parkten kurz vor dem weißen Sand und stiegen dann aus, um uns den Strand anzusehen. Ich nahm meine Sonnenbrille ab und schaute mich prüfend um. Mir gefiel es hier total gut, es war sonnig, das Wasser glitzerte verlockend und die Bäume, die dort wild wuchsen, warfen einen, schon beim Anblick, einladenden Schatten auf den Boden.

"Ich finde es hier total schön", meinte Ricky sofort.

"Ja, total romantisch, mit den Felsen rund herum!"

"Mmhh, das Wasser finde ich aber viel einladender, stürzen wir uns gleich rein!"

Kaum hatte Ricky dies gesagt, zog er sein Hemd und seine Schuhe aus und rannte hin zum Wasser. Ich jagte ihm hinterher und versuchte ihn zu fangen, bevor er ins Meer abtauchen konnte. Das Wasser spritzte nach allen Seiten und der Sand unter unseren Füßen wühlte sich auf. Ricky stürzte sich bereits in die Fluten und tauchte wie erwartet weg, doch das nützte ihm nicht viel, denn nun holte auch ich tief Luft und glitt hinab in eine andere Welt.

Trotz des in den Augen brennenden Salzwassers, öffnete ich sie und bekam somit einen unvergesslichen Blick auf den Boden. Der Meeresgrund war übersät mit Korallenriffen, bunten Wasserpflanzen, die in der leichten Strömung mitwiegten. Am Boden sah ich einen Schatten, der auf mich zugeschwommen kam. Ich dachte mir schon, wer das war, und tauchte deshalb noch tiefer hinunter, so dass ich nun unter Ricky schwamm. Er wollte mich erschrecken, hatte aber nicht mit der Sonne gerechnet, die seinen Schatten auf den Boden projizierte. Nun drehte ich mich um und schaute Ricky lächelnd an. Wir schwammen knapp über dem

Meeresboden, so dass wir die verschiedenen Pflanzen genau betrachten konnten. Bevor ich dies jedoch tat, deutete ich Ricky, dass ich auftauchen wollte, um wieder Luft zu holen, doch er hielt mich zurück und küsste mich. Dabei teilte er seinen restlichen Sauerstoff mit mir und so konnten wir zusammen noch den vorbeischwimmenden Fischschwarm bewundern, der jedoch wegdrehte, als er uns erblickte. Hatte ich mir das nur eingebildet, oder glitzerte da wirklich etwas zwischen zwei Felsen? Ich suchte mit den Augen nach diesem Funkeln und wirklich, da war es schon wieder. Ricky hatte es anscheinend auch gesehen und deutete nun mit dem Finger in die Richtung, wo auch ich es vermutete. Wahrscheinlich war es eine Muschel, die mit Perlmut überzogen war und deshalb so glitzerte. Meine Vermutung bestätigte sich, als Ricky runtertauchte, um sie zu holen und sie mir dann gab.

Um sie noch unter Wasser zu betrachten, reichte meine Luft nun wirklich nicht mehr und so stieg ich zusammen mit Ricky nach oben an die Oberfläche, wo wir erst einmal tief durchatmeten und dann zum Ufer schwammen. Erschöpft ließen wir uns auf die Handtücher fallen und brutzelten in der Sonne. Lange hielten wir es jedoch nicht aus und deshalb legten wir uns in den Schatten der Bäume. Ich zögerte nicht lange und fragte Ricky, ob er mir nicht ein Lied vorsingen könnte.

"Welches möchtest du denn hören?"

"I am made of you!"

Er lächelte, schloss die Augen und fing dann an zu singen, wobei ich ihm verträumt zuhörte. So eine schöne, natürliche Stimme, gibt es nicht oft, denn er kann sie kontrollieren, mit ihr arbeiten und doch ist er mit ihr befreundet. Beide zusammen sind ein Strudel aus Gefühlen, die immer direkt aus dem Herzen kommen und alle in ihren Bann ziehen. Es waren Gefühle, die einmal schneller und dann wieder langsamer schlugen, wie der Puls der mich am Leben hielt. Jedes Wort, setzte sich in meinem Herzen fest und jeder Ton, berührte meine Liebe. Innerlich summte ich mit und genoss es, dass er nur für mich sang. Ich schloss die Augen, legte mich auf den Rücken und lauschte verträumt Rickys Worten.

Nur merkte ich gar nicht, dass Ricky schon mit dem Lied fertig war. Ich öffnete erst wieder langsam die Augen, als mir Ricky Sand auf den Bauch rieseln ließ und seinen Kopf aufstützte.

"War es so schlecht, dass du gleich eingeschlafen bist", fragte er mich.

"Nein, ganz im Gegenteil, es war so wunderschön, du hast es total romantisch und emotional gesungen, aber irgendwie denke ich, ich würde träumen, wenn ich dich sehe!"

Lächelnd schaute Ricky auf den Boden und spielte mit dem Sand.

"Das meinte ich jetzt ganz ernst. Wenn ich mich nicht manchmal kneifen würde, hielt ich das hier für einen Traum! Alle deine Fans wünschen sich das, was ich hier gerade erlebe und ich habe das Glück, diese Momente zu haben. Das war mein Traum, mein Wunsch, für den ich fast verrückt wurde!"

Nun legte sich Ricky auf den Rücken und sah in den Himmel.

"Aber ich weiß gar nicht so genau warum. Mir wurde schon oft der Grund klar gemacht, aber selber kann ich das nicht nachvollziehen. Ich bin ein Sänger aus Puerto Rico, der Musik macht, das war auch mein einziger Wunsch und nun werde ich ein Sexsymbol genannt!"

Aus seiner Ernsthaftigkeit heraus, fing er an zu grinsen, denn ich schaute ihn, mit einem Schmunzeln im Gesicht, kritisch an. "Diesen Satz hast du jetzt aber nicht ernst gemeint, oder", fragte ich ihn, noch immer lächelnd.

"Doch, voll und ganz!"

Daraufhin setzte ich mich auf meine Knie und hielt Rickys Kopf mit meinen Händen fest, so dass sich sein Blick auf mich fixierte.

"Ok, ganz langsam! Du schaust supergut aus, du machst irre Musik und du schwingst deine Hüften zum Umfallen toll, also jetzt sag diesen Satz von vorher noch einmal, ohne selbst zu lachen!"

Ricky sah meine Worte nicht ein, setzte sich auf, denn er wollte mir eine richtige Antwort geben.

"Sicher, das war mir schon klar, was ich nur nicht mag, ist dass mich manche als ein Sexsymbol sehen, nur weil ich mich sexy bewege und gut aussehe!"

"Ich kenne dieses Gefühl nicht, aber was hast du dagegen? Wenn du dieses Image aber gar nicht mehr willst, dann musst du dich halt steif auf die Bühne stellen. Aber ich denke, die Leute finden es auch toll, wie du tanzen kannst, das gibt deiner Musik, deiner Performance noch den Kick. Bleib wie du bist und denke da nicht länger drüber nach, es ist so unwichtig, den Leuten kann man ihre Meinung nicht ausreden und recht machen kann man es auch niemandem!"

Jetzt hatte ich Ricky endlich überzeugt, aber er fing mit etwas Anderem an, dass ich auch recht lustig fand.

"Ich würde ja gerne mal wissen, was die so in der Nacht über mich träumen!"

"Ich habe meine eigenen Träume, da muss ich nicht wissen was die Anderen träumen, aber ich denke mal, sie sind sehr aufregend", gab ich ihm als Antwort.

"Und was träumst du so", hakte er nach.

"Ach, Dies und Jenes, aber die meiste Zeit von dir! Meine halbe Vergangenheit war ein Traum von dir und mir!"

"Von uns? Ich glaube du solltest mir mal mehr über deine Vergangenheit erzählen!"

"Kann ich machen, sie ist aber bestimmt nicht so verrückt und aufregend wie deine, eher etwas traurig!"

Dies machte Ricky aber genau so wenig aus wie früher Monica. Ganz im Gegenteil, er hörte mir gespannt zu und half mir bei meinen Vokabeln, denn es war nicht gerade einfach, alles in Englisch zu erzählen. Ricky verpasste kein Wort und er musste nicht einmal nachfragen, wen oder was ich jetzt meinte. Er verschlang meine Story wie ein Mittagessen nach einer Woche Hungern. Ich erzählte ihm alle meine Gefühle, ging ins kleinste Eckchen meines Inneren und erzählte ihm einfach alles, denn ich wusste, dass er mich nicht auslachen würde. Er unterbrach mich nicht einmal und als ich fertig war, blieb er regungslos sitzen.

"All das wegen mir", fragte er mich zaghaft.

"Nein, das ist nur meine Schuld gewesen, es ist meine Vergangenheit und in der Zukunft werde ich diesen Fehler nie wieder machen, brauch ich ja nicht, ich hab ja jetzt dich, ganz in echt! Ich kann von meiner Vergangenheit lernen und ich bin ein wenig dankbar, dass ich sie hatte. Ich will das alles nicht noch mal durchleben, aber ich würde meine Vergangenheit niemals gegen eine andere, perfekte tauschen, verstehst du mich? Eher nicht, oder?"

"Doch, ich würde meine Vergangenheit auch nie tauschen, sie ist ein Teil meines Lebens, in der ich von vielen Leuten und aus Situationen eine Menge Erfahrungen gesammelt habe, die ich heute im jetzigen Leben einsetzen kann. Ich bin auch froh, schlechte und gute Erfahrungen gemacht zu haben. Immer nur eine perfekte Welt stärkt dich nicht für das harte Leben!"

"Das finde ich auch, ich lebe eigentlich für den Moment, aber ich würde nie die alten Zeiten vergessen, sie waren auch einmal die Zukunft und die Gegenwart!"

Es war wunderbar mit einem Menschen über seine Gefühle und über sein Leben zu sprechen. Vor allem mit Ricky, er hatte ähnliche Erfahrungen mit Menschen gemacht und konnte dadurch auch meine Situationen und Empfindungen verstehen. Wie sollte es eine Freundin nachfühlen können, wenn sie diese Gefühle noch nie erlebt hatte, da würde man etwas verlangen, was fast niemand bringen könnte. Eigentlich sah ich Ricky auch eher wie einen Freund, nicht aber wie einen Liebhaber. Vielleicht kannten wir uns dazu noch zu wenig, aber im Moment war er eher der beste Kumpel, den ich je hatte. Wir hatten uns zwar geküsst und hielten Händchen, aber...!

Mann, war ich eigentlich blöd? Wir waren ein Liebespaar, was sollte das sonst sein? Er liebte mich, ich liebte ihn, wir waren zusammen und somit war er auch mein Liebhaber! Ich wollte aber nichts überstürzen, denn trotz seiner ganzen Liebesweise, war ich mir noch nicht sicher, ob er es wirklich ernst mit mir meinte. Warum sollte er ausgerechnet mit mir etwas anfangen, wo er doch fast jede Frau haben könnte, vor allem toll aussehende. Er behauptete immer und überall, dass er es mit der Liebe ernst meint, dass er hundertprozentig treu sei und dass er ein Mädchen niemals betrügen würde. Das glaubte ich ihm, aber aus einer Situation heraus, kann sich viel verändern, auch die eigene Wahrheit. Vielleicht irrte ich mich in ihm und er war ein totaler Macho, auch wenn er mich nachher verlassen würde, es war eine wunderschöne Zeit, die ich niemals bereuen würde!

Den ganzen Nachmittag über redeten wir, gingen noch oft schwimmen und ließen uns in der Sonne bräunen. Gegen fünf Uhr verließen wir aber dann die Bucht und fuhren wieder zurück nach Miami. Das letzte Mal schaute ich mir die Keys an, bevor wir wieder die langen Straßen verließen und auf der anderen Insel zu Ferdies Haus fuhren. Dort setzte mich Ricky ab und lud mich zu einem gemeinsamen Abend ein.

"Um acht holt dich hier ein Auto ab und bringt dich zu mir, ok?"

"Klar, ich warte hier! Tschau, hab dich ganz doll lieb!"

"Ich dich auch!"

Bevor ich wieder den Strand entlang zu Ferdies Häuschen ging, bekam Ricky, der gleich wieder weg fuhr, noch einen langen Abschiedskuss. Als ich glücklich die quietschende Tür öffnete, schaute ich gleich ob Ferdie schon da war, er sollte mir nämlich beim Aussuchen eines passenden Kleides helfen.

"Ferdie, bist du da?"

Niemand antwortete und so ging ich ins Badezimmer, wo ich das Radio und den Wasserhahn aufdrehte. Ich steckte mir meine Haare hoch und machte das Radio lauter, weil da gerade ein guter Song gespielt wurde. Dabei merkte ich aber nicht, wie Ferdie mit einem Walkman aus seinem Schlafzimmer kam und in Richtung Bad ging. Gerade als ich in die Wanne steigen wollte, stand Ferdie in der weit geöffneten Tür und starrte mich erschrocken an. Bevor er aber das Meiste sehen konnte, hatte ich schon reagiert und mir mein Handtuch geschnappt.

"Hi Ferdie, wie wär's mit Anklopfen?"

"I-ich habe dich nicht reinkommen gehört u-und ich habe ganz laut Walkman gehört! Tut mir echt leid, dass wollte ich nicht, ehrlich!"

"Schon gut, hast mir ja nichts weggeschaut, Hauptsache es war keine Absicht!"

"Was denkst du denn von mir, ich bin doch kein Spanner!"

"Nein, glaub ich auch nicht, aber um lange nachzudenken habe ich keine Zeit, kann ich bitte ohne weitere Überraschungen baden?"

"Ja klar, also noch mal, es tut mir echt superduperleid!"

"Ist schon ok, lass mich jetzt bitte alleine, ich muss bald weg!"

"Ja sicher!"

Völlig verstört ging er raus und schloss leise die Tür hinter sich. Ich schmiss sofort das Handtuch weg und duschte mit einer Blitzgeschwindigkeit, da ich nicht endlos Zeit hatte. Als ich damit fertig war, stellte ich mich vor den Spiegel und fing an mich zu schminken.

"Welchen Lidschatten soll ich nehmen, dunkel oder eher hell? Zu dem Kleid, was ich mit Ricky gekauft habe, passt eher diese Farbe, aber hoffentlich habe ich auch passende Schuhe dazu!"

Nach einer kniffligen Aussortierung, blieben zwei paar Schuhe übrig, aber ich konnte mich nicht so ganz zwischen den beiden entscheiden.

"Welche soll ich denn jetzt nehmen? Die schwarzen oder eher die silbernen, ach, ich weiß es einfach nicht!"

"Die schwarzen schauen wahrscheinlich am besten aus!"

Erschrocken drehte ich mich um und sah gleich Ferdie, der mit verschränkten Armen in der Tür lehnte.

"Meinst du wirklich, dass die schwarzen am besten passen?"

"Sie passen auf jeden Fall am besten zur Hautfarbe!"

"Wieso denn Hautfarbe?"

"Na das bisschen Stoff, das du am Leib trägst, sieht man ja eh fast nicht!"

"Was willst du damit sagen?"

Ferdie schaute weg und ging dann in die Küche, wo er sich ein Bier holte. Mit einer hohen, aufgeregten Stimme stolperte ich ihm, einen Schuh anziehend, hinterher.

"Was soll das heißen? Ferdie, ich warne dich, was soll das heißen? Verdammt noch einmal, sag schon!"

Ferdie setzte sich an den Küchentisch und brüllte mir eine Antwort entgegen.

"Willst du wirklich meine Meinung zu diesem Fetzchen Stoff wissen, willst du das wirklich?"

"Ja verdammt, wie oft soll ich das denn noch sagen?"

"Ok, dann hab ich mal eine Frage, tust du alles, um ihm zu gefallen? Du wirfst dich ihm ja direkt in die Arme, er braucht ja gar nichts mehr zu machen!"

"Meinst du etwa, ich biete mich ihm an?"

"Ja, du bietest dich ihm an, wie eine Kuh auf einem Markt, er hat doch jetzt überhaupt nichts mehr zu tun, um dein Herz zu erobern!"

"Weißt du was, das hat er schon längst. Das macht er nämlich ganz im Stillen und unauffällig, also kann das ein Außenstehender überhaupt nicht beurteilen! Halt einfach deine verdammte Schnauze und kümmere dich um deine eigenen beschissenen Beziehungen", brüllte ich ihn an.

Wutentbrannt drehte ich mich um, zog meinen zweiten Schuh an, schmiss im Zimmer alle meine Sachen in den Koffer und machte mich zum Auszug bereit. Als ich mit dem Packen fertig war, wollte ich gehen und trug meinen Koffer in Richtung Türe. Etwas hilflos rannte Ferdie hinter mir her und versuchte mich aufzuhalten. Naja, eigentlich war es eher ein Betteln und Winseln, das er rüberbrachte. Mein Entschluss stand aber fest, ich wollte diesen Mistkerl nie wieder sehen! Ich stellte meine Sachen auf die Veranda und ging noch einmal rein, um Ferdie meine Meinung zu sagen.

Ferdie hatte sich wieder an den Tisch gesetzt und strich sich hilflos durch die Haare. Als ich mich dann vor ihn hinstellte, sah er mich flehend an, stand auf, sein Blick änderte sich aber schlagartig, als ich ihn total anschnauzte.

"Du bist es nicht wert, dass man mit dir über Gefühle redet, du hast gar keine. Aber eines möchte ich dir noch sagen, was du dir merken solltest! Du bist ein gefühlloses, dreckiges A...! Du bist so blöd, dass es keine Worte dafür gibt und ich möchte dich nie wieder sehen!"

Nach diesen Worten schaute ich Ferdie ganz fest in die Augen und trat ihm noch kräftig gegen sein Schienbein. Auf einem Bein hüpfend, versuchte er mich trotzdem noch irgendwie am Auszug zu hindern, aber das gelang ihm nicht, denn ich war schon auf dem Weg zum Treffpunkt, wo mich der Fahrer abholen sollte. Da ich noch etwas zu früh war, setzte ich mich mit meinem Rucksack und Koffer, auf eine Bank und wartete dort. Um kurz vor acht Uhr blieb dann ein weißes Cabrio vor mir stehen und ein in Uniform gekleideter Mann stieg aus.

"Miss Sophie", fragte er mich.

"Ja?"

"Mr. Ricky Martin wartet auf sie!"

Ich kam mir vor wie in einem Romantikfilm und versuchte deshalb auch irgendwie den Streit zwischen Ferdie und mir zu vergessen, um die Situation zu genießen. Der Chauffeur nahm meine Sachen und verstaute sie, während ich einstieg, im Kofferraum. Im ganzen Auto duftete es, aber ich konnte nur ertasten was da neben mir am Sitz liegen könnte, da das Dach geschlossen und es ganz dunkel war. Erst als der Fahrer einstieg und das Verdeck öffnete, sah ich was da so intensiv und gut roch. Ein Meer aus roten, mit dicken Knospen versehenen Rosen lag wie eine Decke auf den ebenfalls roten Ledersitzen.

Lächelnd nahm ich eine Rose und roch glücklich daran. Ich schloss meine Augen, lehnte mich zurück und ließ alles auf mich wirken. Der warme Fahrtwind, die weichen Blumen und der starke Duft machten die Stimmung zu dem Sternenhimmel und dem Mond, einfach perfekt. Was würde mich noch erwarten, schöner und romantischer konnte es ja fast nicht mehr werden, oder doch?"

"Miss Sophie?"

Langsam öffnete ich wieder meine Augen und steckte mir noch schnell eine Rose ins Haar. Der Mann hatte mir wieder die Tür aufgehalten und bat mich auszusteigen. Dieser Aufforderung folgte ich, versuchte dabei aber irgendwie rauszukommen, ohne die Rosen kaputt zu machen und vor allem, dass ich nicht über mein langes Kleid stolperte.

Ich kam jedoch ohne ein Missgeschick an der Gartentür an, die ich dann gleich öffnete. Ich betrat das Grundstück und machte gleich eine total süße Entdeckung. Rickys Hunde Icaro und Titan, saßen brav neben dem gepflasterten Steinweg und ließen beide ihre Zungen heraushängen. Vor Icaros Füßen lag ein kleines Papierröllchen, das mit einer dicken Schleife zugeschnürt war. Ich bückte mich und hob es auf, wobei ich den Hunden über die Köpfe streichelte.

Langsam machte ich die Schleife auf, entrollte den Brief und laß die feinsäuberlich geschriebene Botschaft.

"Hi darling, folge den Rosenblättern, die auf den Weg gestreut sind!"

Lächelnd rollte ich den Wegweiser wieder zusammen und tat nun das, was mir als Hinweis gegeben wurde. Was das Ziel war, wusste ich nicht, aber bis jetzt gefiel mir der Weg dorthin mehr als gut! Nun schritt ich langsam immer weiter den Weg entlang, bis die verteilten Blütenblätter vor dem Pool endeten. Meine Spannung war nun am Höhepunkt angelangt und ich fragte mich, was nun kommen würde. Lange musste ich aber nicht auf die Antwort meiner Frage warten, denn plötzlich wurden die Lichter des Pools angedreht.

Total überwältigt von diesem Einfallsreichtum, stand ich vor dem nun beleuchteten Pool, auf dessen Wasseroberfläche hunderte Rosenblätter schwammen. Das leuchtende Wasser, der wolkenlose, schwarze Himmel, der riesige, gelbe Mond, der sich zwischen den Sternen im ruhigen Wasser spiegelte. Es wurde romantische, leise Schmusemusik gespielt und ein Korken knallte zwischen den süßen Klängen des Liedes. Ich schaute in die Richtung des Knalles und sah, wie Ricky mit zwei Gläsern und einer Flasche, deren Inhalt herausschäumte, aus der Dunkelheit trat. Er ging um den Pool herum und hielt mir, als er vor mir stand, ein Glas hin, das ich annahm und füllen ließ.

Nachdem wir beide angestoßen und Ricky einen Toast ausgesprochen hatte, tranken wir beide einen Schluck von dem köstlichen Champagner und nahmen einige der bereitgestellten Tapas zu uns. Dabei blickten wir uns tief in die Augen, wobei unsere Blicke fast miteinander verschmolzen. Erst als wir unsere Gläser auf den Boden stellten und anfingen langsam zur Musik zu tanzen, trennten sich unsere Blicke für einen Moment, fanden sich aber wieder, als wir uns in den Armen lagen. Eigentlich tanzten wir nicht, sondern genossen es einfach, den Anderen spüren zu können und zusammen zu sein.

An diesem Abend konnte ich mir ein Leben ohne Ricky nicht mehr vorstellen. Er hatte sich so viel Mühe gegeben und hat alles so liebevoll gestaltet, dass sich mein Herz endgültig für ihn entschieden hatte und jeder Zweifel ist bei dieser Romantik ausgeschlossen. Der ganze Abend bestand aus kuscheln, lachen und Zärtlichkeit. Genauso hatte ich es mir in meinen kühnsten Träumen ausgemalt und gewünscht, nur, dass es hier kein Erwachen ohne Ricky gab.

Als wir ins Haus gehen wollten, um dort unsere kleine Party weiterzuführen, sagte er, er müsse noch schnell etwas drinnen erledigen. Kurze Zeit später machte er eine Glasschiebetür auf, kam wieder zu mir hin und nahm mich auf die Arme. Er trug mich zur geöffneten Tür, wo weiße Vorhänge im Wind wehten. Aus dem Inneren kam ein warmes Licht, das sich nachher als Kerzenschein entpuppte. Ricky hatte nämlich im ganzen Zimmer Kerzen hingestellt, die er zuvor angezündet hatte und die nun den Raum wunderschön beleuchteten. Der leise, warme Wind, der durch die offene Tür eindrang, bewegte die langen Seidenvorhänge und ließ die Kerzenflammen hin und her flackern. Man hörte nicht weit von uns das Meeresrauschen und roch sogar noch die salzige Luft. Das Licht des Mondes, das hereinfiel, ließ die weißen Stoffe, die den Raum beherrschten, leuchten. Wir legten uns auf das Bett und verbrachten dort den zärtlichen Teil der restlichen Nacht.

Noch tief schlafend lagen wir uns am nächsten Morgen in den Armen und kuschelten uns aneinander. Die Kerzen waren ganz heruntergebrannt und gerade versank der letzte noch brennende Docht in dem flüssigen Wachs. Mit jeder Minute wurde es heller und die Schatten waren nur noch in einzelnen Ecken zu finden. Ich wachte durch ein sanftes

Streicheln auf meiner Haut auf, behielt die Augen aber noch zu. Ricky ließ seine Finger über meine Schulter gleiten und streichelte mich an der Wange. Es kitzelte und so huschte ein Lächeln über mein Gesicht. Ich drehte mich zu Ricky um, der mich gleich einmal richtig wachküsste. Endlich öffnete ich meine Augen und blickte gleich in sein strahlendes Gesicht.

"Mhh, es ist wunderschön aufzuwachen und gleich dich zu sehen!"

Daraufhin lächelte mich Ricky so herzlich an, dass ich fast Lust auf Schokolade bekommen hätte, so süß sah er mich an.

Plötzlich knurrte mein Magen ganz laut.

"Na Darling, was willst du essen?"

"Überrasch mich!"

"Das werde ich, wenn du etwas Zeit hast, aber verhungere mir nicht!"

Ricky setzte sich auf, wickelte sich seine Bettdecke um den Körper und verschwand aus dem Schlafzimmer. Mittlerweile war es ganz hell geworden und jetzt sah ich auch die einzelnen Gegenstände im Raum. Ich stand ebenfalls mit umgewickelter Decke auf und schaute mich im Zimmer um. Da standen riesige Bilderrahmen mit seiner ganzen Familie, die so viele Leute waren, dass sie alle zusammen kaum auf das riesige Foto passten. Ich kannte seine Mutter und die Namen seiner einzelnen Verwandten aus einem Heft, das ich mir einmal gekauft hatte.

"Eigentlich schon komisch, wenn ich Ricky nicht berühren und spüren könnte, würde ich denken, dass ich in einem Film mitspiele und der Regisseur gleich dazwischen rufen würde."

Schmunzelnd ging ich zum nächsten Foto, wo seine Eltern

und seine Oma, die ihn, als er zwölf war, auf dem Schoß sitzen hatte, sah. Ich riss mich von den ganzen Bildern los und ging hinaus zum Pool. Dort setzte ich mich an den Rand und ließ die Füße ins Wasser hängen. Einige Rosenblätter schwammen noch in der Mitte, aber der Großteil hatte sich am Beckenrand angesammelt. Gleich dachte ich wieder an den gestrigen Abend und natürlich auch an die gemeinsame Nacht.

Hinter mir hörte ich ein Geklapper und drehte mich daraufhin um. Mit vollgepacktem Tablett balancierte Ricky zu mir und stellte das Essen auf den Steinboden. Bevor er sich neben mich hinsetzte, verknotete er noch einmal seine Decke und ließ ebenfalls seine Füße in den Pool hängen. Er nahm sich aus einer der vielen Schüsseln eine Weintraube, warf sie in die Luft und fing sie wieder mit dem Mund auf. Um ihm zu zeigen, dass ich das auch konnte, nahm ich eine Traube und warf sie ebenfalls in die Luft. Doch bevor sie in meinem Mund landen konnte, fing sie Ricky noch schnell auf und aß sie selbst. Daraufhin protestierte ich natürlich und bespritzte ihn mit Wasser.

Eigentlich spielten wir mehr mit dem Essen, damit meine ich, dass wir uns gegenseitig fütterten und Kunststückchen ausprobierten. Einmal bekam er etwas von mir in den Mund gesteckt und dann wieder umgekehrt. Irgendwann war ich aber satt, was ich schade fand, denn ich hätte ewig so weiter machen können! Gerade wollte ich den letzten Schluck aus meiner Teetasse trinken, als etwas hineintropfte. Ich schaute gleich zum Himmel hinauf und sah die riesigen, schwarzen Wolken, die drohten die Sonne zu verdecken.

"Hey Ricky, es fängt an zu...!"

Ich konnte den Satz nicht einmal zu Ende reden, da ergoss sich schon die ganze Ladung aus den schwarzen Wolken auf uns. Ricky checkte erst einmal gar nichts, sondern blieb einfach total überrascht sitzen. Ich musste mir das Lachen echt verkneifen, denn es war einfach zu komisch wie er, total überwältigt von der Natur, dasaß und die halb abgebissene Erdbeere, die er gerade fertig essen wollte und bereits am Mund angesetzt hatte, in den Fingern hielt. Lange blieb er jedoch nicht in der Stellung, sondern öffnete den Mund und ließ es hineinregnen. Ich lehnte mich zu ihm rüber und strich ihm über sein kurzes Struppelhaar. In den leeren Tassen und Schalen sammelte sich das Regenwasser, die immer voller wurden und am Schluss überliefen.

Wir saßen im sehr starken Regen und schauten, uns in den Armen liegend, einfach nur zu. Irgendwann entknotete Ricky dann seine Decke und stellte sich an den Beckenrand. Kraftvoll stieß er sich ab und tauchte in das vom Regen in der Stille unterbrochene Wasser ein. Man sah Ricky fast nicht im Pool, da die dicken Tropfen die glatte Oberfläche nicht mehr zur Ruhe kommen ließen. Doch schließlich schoss er dann in der Mitte des Pools aus dem Wasser und schwamm dann wieder zu mir hin. Er legte sich mit dem Oberkörper auf mein Schoß und schaute mich total süß an. Abermals strich ich ihm über die Haare, beugte mich zu ihm runter und küsste ihn. Er umschlang mich mit seinen Armen und hob mich in das Wasser hinein. So verbrachten wir den Vormittag mit Schwimmen im Pool und Kuscheln im anhaltenden Regen.

Am Nachmittag trockneten und wärmten wir uns vor dem Kamin im Wohnzimmer. Das Feuer flackerte und krachte, als wir mit endlich trockenen Sachen und einem leckeren Cappuccino davor saßen. Icaro hatten wir in unsere Mitte genommen und kraulten ihn von allen Seiten. Ricky hatte Kuschelmusik eingelegt und die Lautstärke angenehm und beruhigend zurückgedreht. Ich legte meinen Kopf auf Rickys Schulter und schaute total entspannt ins Feuer. Liebevoll streichelte er mich und gab mir das Gefühl, nach dem ich mich schon immer gesehnt hatte.

Man konnte es nicht erklären, genauso wenig wie unsere Beziehung zu einander. Es war so schön, dass es keine Worte dafür gab. "Schön" ist zu allgemein und "faszinierend" passte nicht wirklich. Das einzige Wort, was mir einfiel ist eben "unbeschreiblich". Dieses Gefühl der Nähe und Geborgenheit hatte ich bisher nur in meinen Träumen. Doch diese Emotionen wurden von Ricky, der sie mir auch gab, erwidert. Vielleicht werden sich unsere Wege auch einmal trennen oder wir würden nur Freunde bleiben, was mir voll und ganz reichen würde. Auf jeden Fall weiß ich, dass ich diese Zeit nie vergessen werde und bestimmt keine Minute, die ich mit ihm zusammen war, bereuen werde. Auch wenn diese Liebe irgendwann nicht mehr existieren wird, sondern nur noch Erinnerungen zurückbleiben, würde ich diese Zeit als die schönste und intensivste in meine Vergangenheit hineinschreiben.

Über eine Trennung wollte ich im Moment jedoch nicht nachdenken, es ist nur so, wenn man etwas Einzigartiges hat, ist auch die Angst da, es zu verlieren. Tun könnte ich sowieso nichts, es würde wie alles andere einfach eintreffen und ich müsste es irgendwann einfach so akzeptieren wie es ist.

"Über was denkst du gerade nach", flüsterte mir Ricky ins Ohr.

Ich wachte so zu sagen wieder auf und blickte aus dem Feuer heraus Ricky an.

"Ach, ich denke nur an die Zukunft, ob wir nur Freunde bleiben, ob wir immer zusammen sein werden und uns wie jetzt lieben, oder ob wir uns nach dieser Woche nie wieder sehen!"

Nun schaute auch Ricky in das Feuer, so als ob er dort nach einer Antwort suchen würde.

"Ich weiß nicht was die Zukunft bringen wird, aber ich bin sicher, dass wir wenigstens Freunde bleiben würden, auch wenn unsere Liebe nicht hält, was ich nicht glaube, weil ich liebe dich und du liebst mich. Wir können nur die gemeinsame Zeit genießen, unsere Liebe leben und natürlich die Tatsache, dass wir zusammen sind. Keiner kann aber sagen, was die Zukunft bringt!"

"Ja ich weiß, aber ich bin so ängstlich über die Vorstellung, dass ich dich verlieren könnte!"

"Das brauchst du nicht, wenn wir diese Liebe wollen, dann wird sie auch bestehen bleiben!"

Das heiterte mich wieder auf, denn ich glaubte an diese Liebe, aber wenn ich dauernd Zweifel an deren Zukunft hatte, glaubte ich dann wirklich an sie? Warum konnte ich nicht einfach die Gegenwart leben und genießen? Warum musste ich immer an die Zukunft denken? Und warum denke ich immer negativ, genausogut könnte es doch sein, dass wir mal heiraten, Kinder kriegen und für immer diese glückliche Beziehung führen werden. Vielleicht machte aber genau dieses Vorausdenken meine Gefühle und mein Leben aus! Vielleicht war es ja gut wie ich dachte und lebte, schließlich hatte ich bis jetzt nur Glück, naja fast.

Meine Nachdenklichkeit wandelte sich wieder hin zur Freude, wobei mir gleich wieder eine Frage an Ricky einfiel, auf deren Antwort ich sehr gespannt war.

"Ricky, ich weiß es ist noch etwas früh, aber ich möchte es dich jetzt schon fragen, bist du bereit?"

"Ja, schieß los, schock mich!"

"Ähhm, kannst du dir ein ganzes Leben mit mir vorstellen, willst du immer nur mich in der Früh sehen, jeden Morgen, jedes Jahr? Ich brauche die Antwort nicht gleich jetzt, aber ich wäre dankbar wenn du darüber nachdenken würdest!"

"Du fragst mich Sachen, wo du meine Antwort schon kennst!"

"Ricky, bitte denk darüber nach, es werden Zeiten kommen, wo wir uns nicht sehen können, wo wir Kilometer von einander getrennt sind! Du wirst immer von schönen Mädchen umgeben sein, die in deinem Alter sind und ich bin sicher, ja ich bin sicher, dass du denken wirst -hey, diese Frauen sehen gut aus und mit ihnen habe ich keine Probleme! Warum sollte ich bei diesem Mädchen bleiben, wo es nur Schwierigkeiten gibt? Sie ist zu jung, sie ist nicht so schön wie die, die ich treffe. Ich bin ein Star, ich könnte jedes Mädchen haben, vor allem gutaussehende, warum sollte ich mich um dieses bemühen? -Was ich damit sagen will ist, wenn du diese Punkte haben willst, Schönheit, usw., dann überdenke deine Antwort, aber wenn du sicher bist, dass du bei mir bleiben willst, dann bitte, tu mir nie richtig weh! Ich will aber nicht, dass du nur bei mir bleibst, weil du mich nicht verletzten willst!"

Nach diesen Sätzen herrschte erst einmal Stille. Stille des Nachdenkens und der Entscheidung für unsere Zukunft. Ich hoffte das Ricky meine Worte nicht falsch verstand, aber das Tolle an unserer Beziehung war bis jetzt, dass wir unsere Bedürfnisse und das was der Einzelne wollte, wirklich sagen konnten.

Erwartungsvoll schaute ich Ricky an und hoffte schon irgendwie, dass ich jetzt eine Antwort bekommen würde, doch Ricky schwieg weiterhin und trank dazwischen seinen Cappuccino zu Ende. Er sah sehr nachdenklich aus und ich hatte den Eindruck, dass er jedes einzelne Wort von mir, innerlich noch einmal überdachte. Dieses Mal machte ich mir nicht allzu große Sorgen, weil ich wusste, dass ich eine ehrliche Antwort bekommen würde. Sorgen würde ich mir machen, wenn mir Ricky gleich wieder, ohne nachzudenken, geantwortet hätte.

Gerade konnte ich ein bisschen klarer denken, als er seinen Kopf zu mir rüber drehte, mir so tief in die Augen sah, dass ich dachte, im Ozean seiner Gefühle zu ertrinken und mir dann mit einer sehr ernsten klingenden Stimme sagte: "Sophie, du bist das erste Mädchen das meine Gefühle versteht, du bist die Erste die mich nimmt wie ich bin und du bist bereit über die Gefühle, die in dir und mir existieren, zu lernen. Du bist offen für alle Ängste und für alle Freuden des Lebens! Du bist das erste Mädchen, wo ich dieses Gefühl habe, das ich noch nie in meinem Leben zuvor empfand. Ich will die Liebe zu unserer Zukunft und Vergangenheit machen, ob sie nun negativ oder positiv ist, das ist egal, ich will nur bei dir sein! Aber du musst auch über mein Leben nachdenken, meinen Job! Willst du reisen, willst du fast jeden Tag in ein anderes Land fliegen und willst du nur noch Stress haben? Du wirst selten an dem selben Platz leben, die Security wird immer um dich herum, die Fans werden immer da sein, wo du bist! Du wirst deine Familie nicht mehr so oft sehen und manchmal wirst du total niedergeschlagen und böse sein, weil die Presse wieder falsche Sachen in die Zeitungen gesetzt hat! Du musst immer und überall freundlich sein, jeden Tag! Das ist mein Leben und das wird sich nicht so schnell ändern, deshalb frage ich auch dich jetzt, willst du diesen Alltag mit mir teilen?"

Eigentlich brauchte ich nicht lange nachzudenken, das tat

ich dann aber doch, weil er recht hatte. Es würde dann mein Alltag sein und der wird meistens aus Verpflichtungen, Stress, ewiger Freundlichkeit und manchmal auch aus Trauer bestehen. Aber nach reichlichem Vorstellen und Ausmalen, stand meine Entscheidung endgültig fest. Ich war so erleichtert, dass er genauso wie ich empfand, dass ich ihm nur mit Tränen antworten konnte. Ich fiel ihm vor Freude weinend um den Hals und ließ mich erst einmal richtig drücken.

"Ich will ein Teil deines Lebens sein und ich will dir helfen, wenn du Probleme hast", fügte ich nun hinzu.

"Da werden keine Probleme sein, ich habe dich, mehr brauche ich nicht!"

Wir lagen uns, endlich glücklich vereint in den Armen und redeten darüber wie die Zeit, die jetzt kommen würde, aussehen wird. Alles war gesagt und kaum merklich, ging die Woche mit all ihren Ereignissen auch schon wieder dem Ende zu und somit auch der Besuch, der mein Leben komplett verändert hatte. Wir gingen am Abend in Discos und mit den Hunden am Strand spazieren. Mit Ferdie hatte ich mich wieder versöhnt und er hatte nun auch mehr Verständnis für unsere Beziehung. Sogar aus dem Gefunke zwischen ihm und Monica ist eine kleine Freundschaft entstanden, die sich ja vielleicht noch weiterentwickeln könnte. Monica brachten wir zum Flughafen und dort flüsterte sie mir noch etwas ins Ohr.

"Ich wusste, dass ihr zusammenfinden würdet!"

Ohne mehr zu sagen, wandte sie sich ab und verschwand aus unserem Blickfeld. Ich fragte mich, woher sie das nur wusste, wir hatten ihr doch gar nichts gesagt! Als ich mit Ricky den letzten gemeinsamen Abend feierte, erzählte ich ihm davon, aber er meinte, dass das Geheimnis bei ihr gut aufgehoben sei.

Der Abschied fiel uns besonders schwer und ich dachte, dass ich die Trennung nie überleben würde. Aber einen deftigen Grund dazu hatte ich, denn es stand fest, dass ich Ricky besuchen konnte, aber es musste unauffällig wirken. Dies sollte aber kein Problem werden, denn wir hatten schon größere bewältigt. Ich durfte ihn auf manche Konzerte begleiten, wenn auch nur als Zuschauer, aber meistens konnte ich ihn backstage besuchen. Diese Abmachung genügte mir voll und ganz, Hauptsache ich konnte ihn sehen! Der Gedanke, dass ich mit achtzehn Jahren jeden Tag bei ihm sein könnte, ließ mich immer wieder neue Kraft schöpfen.

In der Schule verbesserte ich mich und schaffte den Abschluss total locker und easy. Das Schwere war nur, erstens meinen Eltern die ganze Geschichte zu erzählen und ihnen einzuschärfen niemandem ein Sterbenswörtchen zu sagen. Und zweitens, nicht aus Versehen irgendetwas über die Beziehung zu erzählen.

Meine Mutter war über die Nachricht erst geschockt, freute sich dann aber so sehr, dass sie nur noch davon redete. Natürlich nur mit uns, das heißt meinem Papa und mir. Mit Steff hatte ich keinen Kontakt mehr, den hatte ich endgültig abgebrochen und war ehrlich froh darüber.

Immer an Wochenenden und wenn Ricky Zeit hatte, rief er mich an und redete Stunden mit mir über seine Erlebnisse. Er erzählte von seinen Auftritten, fragte, wie es mir ginge und sagte mir, wann ich ihn wieder sehen könnte. Alle Flüge und Aufenthalte wollte Ricky bezahlen, obwohl es mir sehr unangenehm war. Natürlich konnte ich es mir von meinem Taschengeld nicht leisten und meine Eltern auch nicht. Außerdem flog ich nicht so oft zu ihm, und wenn, dann als

Backgroundsängerin oder als Mitglied der Band.

Als er zu Weihnachten dreißig wurde, lud er mich, meine Eltern und Fanny nach Puerto Rico ein. Dort wurden meine und Rickys Mutter gute Freundinnen und auch die Väter verstanden sind auf Anhieb. Unsere riesige Geburtstagsparty verbanden wir gleich mit Weihnachten, wobei wir statt friedlich zu feiern eher abtanzten. Schließlich wird man nur einmal dreißig und da es eine gerade Zahl war, gaben wir uns eine besondere Mühe. Unsere Eltern hatten zusammen eine sechsstöckige Torte gebacken, wobei die Männer eher herumgematscht als geholfen hatten. Alles war prachtvoll dekoriert und geschmückt. Die Verwandten und auch der ganze Freundeskreis war eingeladen. Alle tummelten sich in dem extra gemieteten Hotel, da das Haus seiner Eltern zu klein gewesen wäre. Die Geschenke türmten sich immer mehr auf und drohten die Gäste zu erschlagen.

Ich hatte die Aufgabe Ricky den ganzen Tag zu beschäftigen, denn es sollte eine Überraschungsparty werden, von der er natürlich nichts ahnen sollte. Das war gar nicht so leicht, denn ich war selbst schon ganz gespannt, wie das wohl werden wird. Für mein Geschenk, musste ich insgesamt sechs Stunden nach Puerto Rico telefonieren, um alles dafür zu organisieren, aber es hatte sich, glaube ich, wirklich gelohnt.

Als wir zur vereinbarten Zeit bei dem Hotel ankamen, fragte mich Ricky, was wir hier wollten. Ich antwortete nicht, sondern nahm ihn an der Hand, zog ihn durch die Türe, bis zur Empfangshalle hinter mir her. Alle im Saal nahmen ihre Stellung ein und warteten darauf, dass ich das Licht anschalten würde. Was ich auch gleich nach dem Eintreten in den stockdunklen Raum tat. Einen Augenblick später schmissen sie Konfetti auf uns und schrien: "Happy

Birthday!"
Ricky stand da und freute sich total über diesen stürmischen Empfang. Das Einzige, was er dazu rausbrachte war erstmal ein "Wow" und dann später, als er mit uns anstieß, konnte er mehr dazu sagen. Fast die ganze Party über packte er seine Geschenke aus. Am ganzen Boden verstreut, lagen die Papierfetzen und Schleifen herum. Mein Geschenk kam, wie es bereits dunkel war und die Sterne funkelten.
Es klingelte genau wie abgesprochen um zehn Uhr an der Hoteltür. Schnell bat ich alle Gäste etwas Platz vor den großen Fenstern zu machen und ließ mein Geschenk, nämlich eine kleine Kinderschar, hereinströmen. Sie nahmen brav ihre Position ein. Einer stellte die CD Livin' la vida loca an und alle sangen dazu den Text. Drei Kinder tanzten, wobei die anderen mit kleinen Gitarren und Trompeten dazu spielten. Es sah alles ein wenig tollpatschig aus, aber genau das war das goldige daran. Die Mädchen waren zu kleinen Ladies hergerichtet worden und die Jungs hatten schwarze Hosen und Hemden an. Einer, der eine Maske mit Rickys Gesicht aufgesetzt hatte, stand mit einem gebastelten Mikrophon ganz vorne und versuchte meinen Liebling nachzumachen.
Ricky schmunzelte und verfolgte das ganze Spektakel, bis sich die Kinder am Ende des Liedes verbeugten. Lachend klatschte er, wie alle Anderen auch, ging dann zu den Kinder hin und fragte, ob sie das Lied un, dos, tres, Maria kennen. Alle bejahten dies mit einem lauten Schreien, worauf Ricky gleich anfing den Text zu singen. Jedes einzelne Kind versuchte ihm zu folgen, doch dies ging mächtig in die Hose. Trotzdem machte es Ricky riesigen Spaß und er freute sich total, dass die Kinder wenigstens die Bewegungen einzusetzen wussten. Als sie auch mit diesem

Song fertig waren, lud Ricky die ganze Schar ein, mit uns seinen Geburtstag zu feiern. Dankend stürzten sie sich auf die Torte, die manche sowieso schon die ganze Zeit im Visier hatten.

Ricky bedankte sich nachher in der Küche, mit einem Kuss bei mir. Auch Monica war gekommen, der ich anschließend, wie alle Gäste gegangen waren, unsere Liebesgeschichte erzählte. Dies war auch der Tag, an dem wir Rickys Eltern von unserer Liebe erzählen wollten. Wie dann auch Monica gegangen war, baten Ricky und ich, unsere Eltern, sich mit uns an den Tisch zu setzten, denn wir hatten ihnen ja etwas Wichtiges mitzuteilen. Ganz langsam fing Ricky an zu erzählen. Das wir uns schon etwas mehr mögen, als alle hier dachten und dass ich ihn schon öfters alleine und mit Übernachtung besucht hatte.

Trotz seiner Aufregung, erzählte er ganz ruhig und mit einer kompletten Ehrlichkeit, dass wir uns liebten und vorhatten zusammen zu sein. Auch seine Eltern hörten aufmerksam zu und unterbrachen ihn nicht einmal, wie es auch meine taten.

"Und wir wollten euch nicht mit unser Liebe im Ungewissen lassen. Deswegen haben wir uns nun entschlossen euch davon zu erzählen", fügte er am Schluss hinzu. Dann herrschte Schweigen, aber Ricky und ich saßen nun etwas erleichterter auf den Stühlen.

"Und was habt ihr nun dazu zu sagen", fragte Ricky gespannt.

Sein Eltern lächelten sich gegenseitig an und nickten uns aufmunternd zu. Ein einfaches und alles sagendes "Ja", mehr brachten sie anscheinend nicht raus und auch meine Familie hatte natürlich nichts dagegen, aber das wusste ich ja schon. Somit war auch das geklärt, also stand unserem gemeinsamen Liebesglück nichts mehr im Wege, naja, die

Fans und die Leute, mit denen Ricky arbeitet, werden nicht so begeistert sein. Bestimmt wird es einen Riesenskandal geben, doch dies sah ich als erste Probe für mein zukünftiges Leben an. Gerüchte und Skandale werden es somit bestimmen und die gab es wenige Jahre später, als wir endlich unsere Liebe zueinander bekannt gaben, reichlich.

Aber der Höhepunkt eines jeden Presseherzes, war eine Preisverleihung, bei der Ricky wieder ordentlich abgeräumt hatte. Gerade stand er mit drei eingesackten Preisen am Rednerpult, um seine Dankesrede zu halten, doch anstatt dies zu tun, bat er mich, auf die Bühne zu kommen. Ich erhob mich und schritt mit meinem funkelnden Abendkleid an etwas verwunderten, aber auch an freundlichen Gesichtern vorbei. Der Weg schien mir so endlos lange, wie noch nie ein anderer in meinem ganzen Leben. Doch dann hatte ich endlich die Bühne erreicht und stellte mich neben Ricky, der etwas aus seiner Hosentasche holte. Er nahm das Mikrophon, kniete sich vor mich hin und klappte eine kleine Schatulle auf, mit einem funkelnden Ring darin.

Im Saal wurde es plötzlich totenstill und ich hatte das Gefühl, dass mich alle mit Röntgenaugen anstarrten, was sie natürlich auch taten. Kein Räusper, kein Rascheln, einfach Nichts. Nur die laute, durch den ganzen Saal klingende Stimme von Ricky, der seine Botschaft an mich verkündete. Nämlich: "Sophie, willst du mich heiraten?"

Im ersten Moment war ich geschockt, nicht fähig zu denken. Sprachlos, ich wusste nicht was ich tun sollte, was wenn ich jetzt ja sagte, was wenn ich...?

Nein, für mich stand es fest, es gab kein Wenn und Aber. Ich hörte auf mein Herz und das schrie förmlich "ja". Vielleicht würde ich es einmal bereuen, doch trotzdem fiel ich Ricky, der mittlerweile wieder aufgestanden war, vor

Freude weinend um den Hals und ließ mir den Ring an den Finger stecken. Als wir uns küssten, stand das ganze Publikum auf und jubelte uns zu. Diesen Abend werde ich genauso wenig vergessen, wie die darauffolgende Hochzeit und auch die Zeit, die wir noch zuammen erlebten.

Es war eine Zeit, in der wir beide noch viel lernten, auch über uns selbst. Diese Zeit nenne ich heute meine Vergangenheit, meine einzige, an der ich nie etwas ändern würde. Nicht einmal eine Sekunde unseres ganzen gemeinsamen Lebens. Sie war nicht perfekt, aber für mich immer noch die schönste Zeit, die mein Herz beschreiben kann. Ricky war mein Mann, bis zu dem Ende dieser Geschichte, welches ihr euch selbst in euren Träumen ausmalen könnt.

Da dies bestimmt genauso schön sein wird, wie mein Ende, das ich ebenfalls wie diese Geschichte jede Nacht träume, wünsche ich euch noch eine süße Zukunft und vielleicht wird euer Traum ja mal eure bestimmende Wirklichkeit. Ich habe meinen persönlichen Wunsch veröffentlicht, um alle daran Teil haben zu lassen.

Mit diesem Buch, möchte ich allen danken, die mich unterstützt haben, besonders Natascha! Meinem Vater, meiner ganzen Familie, aber vor allem Ricky Martin, der mir meine Gefühle gab und mir in dieser Zeit half, meine Emotionen auszudrücken. Thank you for all moments, dreams and wishes, you're save in my heart, forever! Play music with your heart like ever, it's you! In the biggest love, Sophie.

Falls es irgendwelche Beschwerden geben sollte, aber
natürlich auch
positive Bemerkungen,
bitte an mich eMailen, oder schreiben.
Auch wer gerne mehr von den Hintergründen meines
Buches
erfahren möchte, wer seine Meinung
abgeben möchte, kann mir ein Brieflein schreiben.

Meine Adresse:

Sophie Angerer
Issingerweg 14
86943 Thaining

EMail:
AngererOutlet@aol.com

Für Ricky Martin

Für Ricky Martin

Einst träumte ich von einem Engel, Haut so weich wie Samt.
Augen so klar, ruhig und temperamentvoll wie der weite Ozean.
Ein Blick, mich bringend in eine Welt der Träume.
Haar so duftend wie ein Meer aus Rosen.
Lippen so sanft wie Sonnenstrahlen am Abend.
Muskeln, so unzählbar wie der Morgentau.
Hände so stark und zärtlich, wie der Wind, der meine Haut streichelt.
Deine feinen Züge erscheinend wie von Picasso gezeichnet.
Dein Herz schlagend für die Liebe, deine Seele so frei wie ein Vogel!
Deine Gefühle vereint zu einem außergewöhnlichen Denken.
Deine Musik ein Geschenk an die Welt.
Gemacht von Herzen, entstanden aus Leidenschaft, vollendet mit
Erfahrung, gespielt und gesungen mit Emotionen pur.
Immer die Herrlichkeit in der Stimme, bestimmst du den Rhythmus
deiner Klänge.
Ja, ich träumte einst von so einem Engel und als ich den Glanz in deinen
Augen sah, der all dies in sich trägt, wusste ich, von dir geträumt zu
haben!
Und das tue ich jede Nacht, dann vergeht die Einsamkeit und auch die
Sehnsucht lässt mich unberührt, sogar die Realität verschwindet, fast wie
nie existierend.
Einst träumte ich von einem Engel, ja, einst träumte ich von Ricky
Martin!

Ein Tag mit Ricky

Glanz erfüllt meine Augen.
Das Meeresrauschen bestimmt die Klänge.
Der rote Feuerball küsst das Meer zur Nacht.
Der Ozean liebt den Himmel und lässt sich in ein sanftes orange tauchen.
Bald überzeugt aber die Nacht und bringt Dunkelheit in die Liebe.
Nur noch am Meereshorizont, erkennt man das Liebesspiel, voll Gefühle und Emotionen.
Das leise Rauschen, verschwindet bei der süßen Melodie einer Sehnsucht.
Der einsame Blick sucht nach Hoffnung.
Dahingleitend mein Herz voll von dir.
Die Wärme des Sandes, gibt mir die Geborgenheit, die ich vermisse.
Würde eine Träne nur der Weg zu dir sein, dann könnte ich jetzt diese Stimmung mit dir erblicken.
Doch auch ohne deine direkte Anwesenheit, bist du da, denn du erfüllst den leeren Raum in mir.
Jeder der Flügelschläge einer Möwe, birgt deine Kraft.
Jeder Sonnenstrahl wurde erst in deinen Augen geboren.
Und die Wärme des Sandes ging von den Gefühlen deiner Musik aus.
Sitzest du neben mir sitzen, ich würde Alles um mich herum vergessen und doch diese Stimmung mitbekommen.
Kein einziger Lichtstrahl würde nicht in meinem Herzen aufgenommen.
Nicht die Kraft würde mir entgehen, denn ich hätte ja dich!
Deine Augen sind diese Stimmung und alles spiegelt sich in ihnen, dort sind Gefühle niedergeschrieben.
Dort werde ich warten, warten bis dieser Glanz mein Weg ist.
Ja ich werde warten, warten auf dich, meine Liebe, mein Leben.
Solange ich warte, werde ich eine Träne weinen, eine mehr zum Ziele hin.
Eine mehr, hin zu dir!
Eine mehr, hin zu der Stimmung, in der ich warten werde!
Für immer und ewig.

Deine Musik, im vollkommendem Einklang mit dir!

Deine Musik ist in deinen Augen niedergeschrieben.
Sie wurde von dem Feuer deiner Leidenschaft gemacht.
Dein Lachen gibt mir Flügel, so dass ich vor der Realität wegfliegen
kann.
Mit deinen Bewegungen gibst du mir Kraft, Kraft für mein Leben, Kraft
für meinen Traum.
Könnte ich nur die Geborgenheit von dir spüren.
Die Wärme deiner Hände, deine weichen Lippen, die meine Haut
streicheln.
Könnte ich das alles nur spüren, könnte ich nur meinen Traum
verwirklichen.
Und würde nur eine Note mit gelten, eine Note, voll von dir, ich würde
sie für immer singen.
Jeden Tag diese Note in mein Herz aufnehmen, jeden Tag, so, dass sie
niemals verloren geht.

Meine Gefühle, mein Wunsch

Der Traum:
Ich fliege mit Flügeln durch eine Welt aus Leidenschaft, voll von
Begierde und Liebe.
Gesprochene Wörter, sind aus Emotionen gemacht und unsere Herzen,
schlagen durch die Liebe unserer Gefühle, stärker.
Lass uns in dem Licht der Stille lieben.
Liebe mich, wenn die Schatten das Licht nehmen.
Halte mich die ganze Nacht, in Armen voll von Energie und Zärtlichkeit.
Lass mich deine weiche Haut spüren und lass mich Leidenschaft von
deinen Lippen schmecken.
Darling sorge dich nicht, ich werde dich nie verlassen, unsere Liebe wird
die Zukunft beherrschen.
Gib keine einzige Träne an die Welt, gib sie an mich, weine wegen uns
und lache wenn du fröhlich bist!
Wenn Angst zu dir kommt, dann werde ich da sein.
Kein Moment soll an mir vorbeigehen, ohne dass du ihn nicht mit mir
zusammen gesehen hast.
Jeder Moment, soll von uns beiden gelebt werden, zusammen, für
immer!
Die Realität:
Ich fliege ohne Flügel durch die Dunkelheit meines Traumes, denn es ist
nur ein großer Wunsch von mir.
Mit keiner echten Leidenschaft, mit keiner ausgelebten Liebe, Gefühlen,
Emotionen, oder Begierde, mein Wunsch hat keine Zukunft, er ist
einfach aus meiner Fantasie entstanden, ohne einem Morgen!
Einer Fantasie, die du mir gegeben hast, die die Realität auffrisst.